光文社文庫

文庫書下ろし／長編時代小説

幸福団子

夢屋台なみだ通り(二)

倉阪鬼一郎

光　文　社

この作品は光文社文庫のために書下ろされました。

目次

第一章　駱駝と力士

一

両国橋の西詰に駱駝が来た。

むろん、道を往来する馬みたいにやぶから棒に姿を現わしたわけではない。そんなものがだしぬけに現れでもしたら、江戸の衆は肝をつぶしてしまう。

両国橋の西詰にやってきたのは、見世物の駱駝だった。

文政七年（一八二四年）の秋口のことだ。かねて喧伝されていた見世物の駱駝がとうとうやってくるというので、両国橋の界隈はいたくにぎやかだった。

見世物といっても、巧妙なつくり物の駱駝ではない。からくり仕掛けでもない。正真正銘の生きた二頭の駱駝だ。

駱駝が長崎(ながさき)に渡来したのは、三年前の文政四年のことだった。

かつて江戸(えど)へやってきた珍しい生き物はほかにもいた。

いまなお語り種(ぐさ)になっているのは象だ。

八代将軍吉宗(よしむね)の享保(きょうほう)年間、ベトナムから長崎に渡来した象が、各地で話題を巻き起こしながら江戸へ至ったことがある。無事、将軍との謁見(えっけん)を果たした象は、幕閣や大奥の女たちなどの目も楽しませた。

時代が下り、このたびは駱駝だった。

雄雌(おすめす)つがいの駱駝が、三年前に長崎に到来した。舶来(はくらい)の珍奇な動物は、そこからゆっくりと陸路をたどった。

まず昨年、文政六年の七月より、大坂(おおさか)で駱駝の見世物興行が始まり、大いに好評を博した。そのうわさは江戸にまで届くほどで、物見高い人々はその到着を早くから待ちわびていた。

駱駝の見世物が行われる両国橋の西詰ばかりでなく、東詰にも駱駝のつくりものが春先から据えられ、いやがうえにも前評判があおられた。

そして、とうとう本物の駱駝がやってきたのだ。

二

「おいそれと見物には行けないようだね」

屋台の元締めで、長屋の人情家主の善太郎が言った。

「そりゃあ、大変な人出ですから」

庄兵衛が答えた。

「うちの屋台で西詰へ行けるのは、庄さんくらいだからねえ」

善太郎の女房のおそめが言った。

「冬場のおでん鍋も、夏場の鰻の蒲焼きも小回りが利くので、行くだけは行けますがね。人のつらを見物しても仕方がないので」

庄兵衛は苦笑いを浮かべた。

「駱駝を見たいのはやまやまだが、人波をかき分けてでもという気はしないね。まあ、うちの通りが余得にあずかれればいいんだが」

善太郎が言った。

「べつにうちらの通りじゃないけどね」

と、おそめ。

「はは、そりゃそうだ。屋台衆とお客さん、みなでもっている通りだから」

屋台の元締めが笑みを浮かべた。

本所回向院の裏手、松坂町一丁目から竪川のほうへ南に進むと、本所相生町になる。

日中はにぎやかな河岸の通りも、夜はうって変わって静かになる。

そんな河岸通りから一つ陸に入った通りには、夜が更けるにしたがってとりどりの屋台が出る。

そこが通称なみだ通りだ。

だれが名づけたのか分からない。いつごろからそう呼ばれだしたのかも分明ではない。

なぜその名がついたのか、説はいくつかに分かれる。

この通りでは、しばしばなみだ雨が降る。

人はあふれるなみだをこらえるために、あるいはそっと流すために、この通りの屋台に足を運ぶ。

屋台のあるじはみな情に厚く、客の話を親身になって聞いてやり、ときにはなみだを流す。

なみだ通りの名の由来には諸説があって定めがたい。

いずれにせよ、日が沈み、江戸の家並みが切り絵のように暗くなって、夜空で星が瞬きはじめると、なみだ通りには一つまた一つと屋台が出る。それは提灯の赤い灯りをともして湊から出る船のようだった。

そのなかで、いちばん小回りの利く艀のような船を切り盛りしているのが庄兵衛だった。

冬場はおでん鍋、夏場は鰻の蒲焼き。当時のおでんはさほど大きな鍋ではなかったから、両国橋の東詰まで出張っていくこともあった。

ただし、あまりごった返しているところだと、かえってあきないがしづらい。駱駝の噂は嫌というほど聞いてはいるが、庄兵衛も二の足を踏んでそちらには船を出そうとしなかった。

「回向院の近くでも人は来るので、出張って行くとしてもそこいらあたりまでで」

庄兵衛が言った。

歳は三十八。善太郎は四十代の半ばだから、庄兵衛のいくらか兄貴分にあたる。

小回りが利くのをいいことに、日に二度の仕込みをし、仕切り直しをして湊から出ていくこともあった。ほかの屋台は一度のみの船出だ。

さほど有名ではないが、東西という名を持つ俳諧師でもある。屋台が暇で客が来ないときは、発句を思案することもしばしばあるらしい。

「なみだ通りの名物屋台だからね。遠くに売りに行かれても困るかもしれない」

善太郎が言った。

「そう言われたら、行きづらくなっちまいます」

庄兵衛は苦笑いを浮かべた。

「いや、ほかにも名物屋台がそろってるから、気にしないで行っておくれ」

おそめが笑みを浮かべた。

「ああ、そうだね。あきないがいちばんだから」

善太郎も思い直したように言った。

「なら、もうひと気張りしてきますよ」

庄兵衛はそう言って出て行った。

「ああ、ご苦労さん」

元締めが労をねぎらった。

「ああやって、あきないをしてると気がまぎれるみたいだから」

庄兵衛の背を見送ってから、おそめが言った。

「江戸の人は多かれ少なかれそうだが、うちの屋台衆もみな涙を流してきたからね」

善太郎がしみじみと言った。

「地震に火事に高波に大あらしにはやり病。災いは次々に襲ってくるから」

おそめが少し顔をしかめた。

「今年ははやり風邪が広がらないといいんだが」

善太郎が案じた。

五年前の文政二年の夏、江戸ではコロリが流行って多くの人が亡くなった。幸い、なみだ通りでコロリの死者は出なかったのだが、恐ろしいのはコロリばかりではない。疱瘡もあれば風邪もある。

おととしの冬は、この界隈でたちの悪い風邪が流行った。治してくれるはずの頼りの医者もばたばたと倒れてしまい、手の施しようがなかった。

このときの風邪で、庄兵衛の女房のおこうが亡くなった。天麩羅の屋台を担ぐ甲次郎の跡取り息子の乙三郎も若くしてあの世へ行ってしまった。なみだ通りは深い悲しみに包まれた。

しばらくは気落ちしていた庄兵衛だが、俳諧師の顔も持つ男らしく、いまはふっ切れた顔で明るくふるまっている。それでも、なみだ通りに人気が絶えると、つれあいがいないことがひどく寂しく感じられることもあるらしい。

「はやるのは風邪じゃなくて、駱駝の見世物がいちばん」

おそめが笑みを浮かべた。

「そりゃそうだよ」

善太郎が答えたとき、次の屋台のあるじが姿を現わした。

風鈴蕎麦の卯之吉だった。

三

「今日は庄兵衛に先を越されちまったか」

茄子紺の鉢巻きをきりりと締めた男が笑みを浮かべた。

「庄さんは小回りが利くからね」

おそめが言う。

「べつに、いつもいの一番に船出をしなきゃいけないことはないんだから」

善太郎も笑って言う。

「いや、まあ、蕎麦が売れてから湯屋へ早めに行くのが楽しみなんで」

風鈴蕎麦の屋台のあるじが言った。

かつぐとちりんちりんと涼やかな音がする。たとえ姿が見えなくても、「ああ、蕎麦の屋台が来たな」と分かる。

もう一つ、蕎麦の屋台の在り処を告げるのがつゆの香りだ。乾物屋に知り合いがいる卯之吉は、鰹節も昆布もいい品を使っていた。

「なら、気張って売ってきておくれ」

善太郎が笑顔で送り出した。

「卯之さんのお蕎麦のつゆは、やぶ重さんにも引けを取らないっていう評判だから」

おそめも言う。

「はは。蕎麦は太刀打ちできねえから」

卯之吉は笑って答えると、屋台をかついでなみだ通りへ出ていった。

通りを本所元町のほうへ進んだところに、やぶ重という蕎麦屋がある。近くに屋敷がある囲碁の本因坊家の御用達で、角の立ったうまい蕎麦を出す。

座敷で落ち着いてたぐる蕎麦と、通りで立ったまま啜る蕎麦。これはまさに別腹で、それぞれにうまさがある。

卯之吉が蕎麦のつゆにこだわるのには理由があった。

火事と喧嘩は江戸の華と言われるが、喧嘩はともかく、火事はしばしば深い悲しみをもたらす。

いまからおおよそ十年前、卯之吉の身に悲しい出来事が起きた。

大火で女房と子を亡くしてしまったのだ。左官だった卯之吉は普請場に出ていて無事だった。

あとで聞いたところ、どうやら家族は煙に巻かれてしまったらしい。おのれも長屋にいれば、助けられたかもしれないと思うと、どうにもいたたまれなかった。

せがれはまだ十にもならなかった。かわいそうなことをした。しばらくは胸の内にぽっかりと穴が開いてしまったかのようだった。

左官の鏝を動かしていると、悔いの涙が流れてくる。あのとき普請場に詰めてさえいなければと思うと、つとめに身が入らず、せっかく腕を上げた左官をやめてしまった。

それからは、河岸の荷下ろしをたまにやりながら暮らしていたが、ひとたび開いた胸の穴が埋まることはなかった。

いっそのこと、大川に身を投げて死のうかと思った。向こうへ行けば、また家族に会える。

卯之吉は肚を決めた。

身投げをするつもりで大川端へ赴き、この世の食い納めにと一杯の風鈴蕎麦を食した。

そのあたたかいつゆのうまさが、五臓六腑（ごぞうろっぷ）にしみわたった。

早まるな。

いま少し、この江戸で生きろ……。

蕎麦のつゆがそう告げているかのようだった。

一杯の風鈴蕎麦のおかげで、卯之吉は身投げを思いとどまった。それが縁で、おのれも蕎麦の屋台を担ぐようになった。

江戸のほかの屋台より、卯之吉が蕎麦のつゆにこだわるのは、おのれの身にそんな出来事があったからだ。

おいらの蕎麦を食い、つゆを啜って、その味が心にしみたら、お客さんは良からぬことを思いとどまってくれるかもしれない。

そう思うと、つゆを手抜きでつくる気にはなれなかった。

それゆえ、卯之吉の蕎麦のつゆの味はひと味違う。

四

「はい、おろし上がったよ」

おそめが甲次郎に丼を渡した。

「すまねえな」

天麩羅の屋台のあるじが礼を言って受け取った。

丼いっぱいに大根おろしが入っている。砂村(すなむら)で育てている筋のいい大根だから、味はとびきりだ。

天麩羅の屋台には大根おろし。天麩羅は立って食べやすいように串揚げにする。海老(えび)や鱚(きす)などの串をつゆにつけて食すのだが、ともすると油っぽくなってしまう。

そこで、大根おろしの出番だ。つゆに大根おろしをたっぷり入れ、天麩羅を浸して食せば、さっぱりといくらでも胃の腑(ふ)に入る。

「なら、今夜も二人で気張ってくらあ」

甲次郎は善太郎に言った。

「おう、頼むよ」

善太郎が答えた。

二人は幼なじみだ。わらべのころから、ずっとこの界隈で遊んできた。気心は知れている。

「気張ってきてね、二人で」

おそめがあるものを指さして言った。

「おう」

短く答えると、甲次郎は天麩羅の屋台を担いだ。

その屋根のところに、あるものが結（ゆ）わえつけられていた。

亡くなった女房のおとしの帯締めだ。

長く患（わずら）っていたおとしは、甲次郎の懸命な看病もむなしく、今年あの世へ旅立った。

江戸に夏の到来を告げる両国の川開きの翌日だった。

せがれの乙三郎に続いて女房のおとしも亡くした甲次郎は、すっかり気落ちしてしまった。そんな甲次郎を励ましてくれたのは、屋台の仲間と客だった。天麩羅を揚げ、客と話をするだけで多少は気がまぎれた。

おとしが元気だったころは、二人で屋台を切り盛りしていた。甲次郎はどちらかといえば口数の少ないほうだ。それをうまく補って、おとしがいい按配（あんばい）に客に語りかけていたものだ。

一人で屋台を出していると、いまは亡きおとしの声が頭の中に響いてくることがあった。

「今日は調子がいいね。早めに売り切れそうだよ」

弾んだ声だ。

つい隣に立っているかのように、亡き女房の声がありありとよみがえってくる。

「おいらの酒の肴（さかな）の分は取っておかねえとな」

つい独り言を発してしまい、苦笑いを浮かべたこともあった。

月あかりがあると、屋台に結わえつけた帯締めの色がかすかに浮かびあがる。おとしが好んだ鶯色（うぐいすいろ）だ。

帯締めはわりかた近年に生まれたもので、歌舞伎役者が帯の上に締めた紐（ひも）を女衆が真似（まね）をして流行るようになった。乙三郎が死んで気落ちしていたおとしに、何か気の変わることをやってみなと甲次郎が勧めたところ、この帯締めを買ってきた。

そのおとしも死んでしまった。

だが……。

人は死んでも、それで終わりではない。

死んだら、人の心の中へ行く。

甲次郎の心の中で、おとしはたしかに生きていた。

その証に、折にふれて声が聞こえる。元気だったころと同じ、なつかしい女房の声だ。

「今夜は月がきれいだね」

そんなとくにどうということのない言葉が、だしぬけによみがえってくる。

「ああ、そうだな」

屋台に飾った帯締めに向かって、甲次郎は答える。

その顔つきが、ほどなくふっと変わった。

向こうから、提灯の灯りがゆっくりと揺れながら近づいてきたのだ。

客だ。

「いらっしゃい。何にいたしましょう」

甲次郎は笑顔で語りかけた。

五

「一台減ると、見送りもすぐ終わるな」

善太郎が言った。

「減ったって言っても、お寿司が屋台から見世に替わったわけだから」

と、おそめ。

「たしかに、寿一さんの屋台が小太郎の泪寿司に替わったわけだがな。屋台としては一台減ったことに違いはないよ」

善太郎はなおも言った。

「そのうち、また何か屋台を増やせばいいよ」

おそめが軽く言った。

「そうだな。こういうのは縁のものだから」

善太郎が笑みを浮かべる。

「そうそう、縁があれば、また新たな屋台の担ぎ手が現れるので」

おそめが屋台置き場のほうを指さした。

「なら、泪寿司に顔を出すか」

善太郎が水を向けた。

「お惣菜が売れ残ってたら、長屋の女房衆に分けてあげないと」

おそめは答えた。

泪寿司は、なみだ通りに出たいちばん新しいのれんの見世だ。

この見世がのれんを出すまでには紆余曲折があった。

なみだ通りには寿司の屋台が出ていた。寿一という腕のいい職人が担いで出していたのだが、だいぶ歳が寄って足が大儀になってきた。

そこで、せがれで大工の寿助が手伝うことになった。普請場のつとめを終えてから寿司の屋台をまた担ぐのは骨だが、父のためにひと肌脱いでいた。

一方、善太郎とおそめの息子の小太郎は博打で身を持ち崩す寸前までいったが、からくも助かり、一からやり直すことになった。

折しも、なみだ通りから遠からぬところに与兵衛鮨がのれんを出し、長い列ができるほどの繁盛ぶりを見せていた。足は弱ったものの、座り仕事ならまだまだ自慢の腕を振るえる寿一に弟子入りし、寿司づくりを学んでおのれも見世を出したい。そんな小太郎の改心ぶりに、両親ばかりかなみだ通りの面々も力を貸し、晴れて見世びらきをしたのが泪寿司だった。

握りに、ちらしに、押し寿司に稲荷。ときには、鰹の手捏ね寿司。

泪寿司には売り物がとりどりにそろっている。

寿司ばかりではない。おそめがつくった惣菜も泪寿司に運ばれ、量り売りがなされている。金平牛蒡や卯の花など、目新しい惣菜ではないが、品のいい味つけで客に好まれていた。

寿司と惣菜は持ち帰りもできる。折詰に入れて長屋へ持ち帰り、酒の肴にする常連客も多かった。惣菜だけなら、長屋から鉢などを持ってくる。

「あら、もう売り切れかしら」

泪寿司に近づいたとき、おそめが言った。

「終わりかい？」

善太郎が声をかけた。

「ああ、ちょうど売り切れたところで」

小太郎が答えた。

「お惣菜はどう？」

今度はおそめがたずねた。

「ちょっと金平が余ったけど、おいらがつまみにするから」

母に向かって言うと、小太郎はねじり鉢巻きを外した。

人は悪くはないのだが、周りに流されてしまうところがあり、博打で借金をつくるなどひと頃は案じられた小太郎だが、泪寿司のあるじになってからはずいぶんと顔つきがたくましくなってきた。

「そうかい。なら、空いたお鉢だけもらっていくよ」

おそめは笑みを浮かべた。

「明日も悪いけど汁気の少ないやつで」

小太郎が注文をつけた。

「はいよ」

おそめが答える。

惣菜は持ち帰りもあるから、あまり汁気が出ないほうがいい。良かれと思って切干大根をあまり汁気を飛ばさずに炊いたら、あとで客から文句が出たことがある。それ以来、なるたけ汁気を飛ばすように心がけていた。

ほどなく、寿一のせがれの寿助が姿を現わした。

「おとっつぁんと湯屋へ行ってきます」

寿助が言った。

親子で湯屋へ行くのが習いになっている。

寿一は帰り支度を整え、杖を頼りに歩きだすところだった。もう暗くなっているから、足元は寿助が提灯で照らしてやる。

「ああ、お疲れさま」

善太郎が労をねぎらった。

「やれやれ、また一日が終わったな」

寿一が言った。

「屋台なら、まだまだこれからっていう時分だから」

せがれの寿助が言う。

「屋根はあるし、楽は楽だが、雨降りでも休めねえからな」

と、寿一。

「そりゃいいとこもあれば、悪いとこもあるさ」

親子はそんな話をしながら湯屋へ向かった。

提灯の灯りが少しずつ遠ざかっていく。

「おっかさんも湯屋へ早めに行ったら?」

小太郎が水を向けた。

「ああ、そうだね。なら、後片付けが終わったらわたしも」

おそめは乗り気で言った。

「見世の掃除なんかはおいらがやるから」

手を動かしながら、小太郎が言った。

「そりゃやっておくれよ。広い見世じゃないんだから」

おそめはそう言って、惣菜の鉢に手を伸ばした。

泪寿司の手伝いは、おそめが受け持っている。奥で寿一がつくった寿司と長屋から運んできた惣菜を、小太郎とおそめが並んで持ち帰りの客に出す。

横に長い小上がりの座敷でも寿司を味わうことができる。そちらのほうは、修業も兼ねて小太郎もつくる。握りの腕はだんだんに上がっているというもっぱらの評判だった。

「運び役は手伝おう」

善太郎が買って出た。

「あいよ」

おそめが昆布豆と青菜の胡麻和え（ごまあえ）の空鉢（からばち）を渡した。

「おとっつぁんも湯屋へ行くのかい？」

座敷を拭きながら、小太郎が問うた。

「屋台をひとわたり見廻（みまわ）って、出迎えてからだな」

善太郎は答えた。

「みな気張ってるのに、夫婦そろって先に湯屋へ行ったら気を悪くするかもしれないからね」

おそめが言う。

「なら、二人分、先にゆっくりしていってくれ」

長屋に向かって歩きだしながら、善太郎が言った。

六

惣菜の鉢を長屋に持ち帰り、洗い物を済ませた善太郎は、煙管（キセル）で一服してから屋台の見廻りに出た。

途中でおでんの庄兵衛とすれ違った。どうやら早くもあきないじまいのようだ。

「あんまりつくらなかったんで、あっという間に売り切れちまいましたよ」

庄兵衛は笑みを浮かべた。

「そりゃよかったな」

人情家主が言った。

「浦風（うらかぜ）部屋の相撲取りが二人、おでんを多めに買って鉢に入れて運んでいったんで。甲次郎さんの天麩羅も買って、蕎麦に入れて食うんだとか」

庄兵衛はそう伝えた。

回向院では相撲の興行が行われている。おかげで本所には相撲部屋がいくつかあるから、力士の姿はさほど珍しいものではなかった。なかにはなみだ通りの屋台の常連もいる。

「蕎麦も二、三杯食ってくれそうだな」

善太郎は笑った。

「ただ……」

庄兵衛は少し言いよどんだ。

「ただ？」

善太郎が先をうながした。

「片方の相撲取りが足を引きずってたのが気になって」

おでんの屋台のあるじが表情を曇らせた。

「稽古で傷めたんだろうかねえ」

善太郎は首をひねった。

「いや……あの体だけは大関みたいな相撲取りは幸ノ花だろうけど、だいぶ前からひざが悪そうでしたから」

相撲にくわしい庄兵衛が言った。

鬢付けの香りも春の本所哉

俳諧師東西として、そう詠んだこともある。

「一度ひざを悪くすると、なかなかに治すのは大変らしいからな。……ま、何にせよ、様子を見てくるよ」

善太郎は右手を挙げた。

「ご苦労さまです。なら、先に帰って湯屋へ」

庄兵衛はそう言うと、いそいそと歩きだした。

七

甲次郎の天麩羅の屋台は、まだあきないをしていた。

先客が二人いた。つまみかんざしづくりの親方の辰次と若い住み込みの弟子だ。つとめを終えたら湯屋へ行き、帰りになみだ通りのどこかの屋台に寄るのが楽しみになっているようだ。

「相撲取りが来なかったかい」

善太郎が甲次郎に声をかけた。

「ああ、来たよ。甘藷の串をあるだけ買ってくれた」

人情家主の幼なじみが笑った。

「そうかい。なら、豪勢な蕎麦になっただろう」

と、善太郎。

「相撲取りは食うからな」

甲次郎が笑みを浮かべた。

「弟子の頭をなでてもらいましたよ」

辰次が言った。

屋台の近くでは、まだ三味の音が響いている。今夜は遅くまで稽古だ。三味線の稽古に通う女も屋台の上客だった。ゆえに、甲次郎はいつもここに屋台を出している。ちょうど風よけになる場所だから好都合だ。

「そりゃ良かったな」

まだわらべに毛が生えたような顔立ちの弟子に、善太郎は言った。

「おいらも田舎から出てきて、関取になろうと気張ってきたから、気張りなって言ってくれました」

海老の串を手に持ったまま、弟子は嬉しそうに告げた。

親方の辰次の遠縁で、相州の藤沢から修業に来ている。

「そうかい。どこの田舎だろう」

善太郎は軽く首をひねった。

「でけえほうは信州で、横幅のあるほうは房州だと言ってたよ」

天麩羅の屋台のあるじが伝えた。

「でけえほうは足を引きずってたそうだが」

「そりゃ気づかなかったな」

今度は甲次郎が首をひねった。

「まあいいや。とにかく行ってくる」

善太郎は右手を挙げた。

「ご苦労さんで」

すかさず辰次が言った。

弟子も海老天を胃の腑に落としてから頭を下げた。

八

なみだ通りを進むと、向こうに提灯の灯りが見えてきた。

卯之吉の風鈴蕎麦だ。

そこから先へ進んでも屋台はない。蕎麦屋のやぶ重があるにはあるが、宴でも入っていなければもうのれんを仕舞っているだろう。

おのれの提灯をゆっくりと揺らしながら、善太郎が歩いていくと、二人の力士の姿が浮かび上がってきた。

「卯之さん、どうだい」

善太郎は歩きながら声をかけた。

「ああ、いま力士衆に二杯目を出したとこで」

蕎麦の屋台のあるじが答えた。

「力士衆って、二人しかいねえけどよ」

「一人で二人分だからよ」

二人の力士が掛け合う。

「おいらの屋台の元締めで、家主の善太郎さんで」

卯之吉が紹介した。

「そりゃご苦労さんで」

ずいぶんと横幅のある力士が笑みを浮かべた。

「誉力(ほまれりき)さんで」

卯之吉が手で示す。

「わっしは幸ノ花」

上背のあるほうが名乗った。

「浦風部屋のお関取だね」

善太郎が言った。

「いやいや、関取じゃありませんや」

誉力があわてて手を振った。

「もうちょっとのところまでは行ったんですがねえ」

幸ノ花が苦笑いを浮かべた。

「こいつはひざを痛めちまって。おいらと違って、怪我(けが)がなきゃ幕内の上のほうまで行ってもおかしかなかったんだが」

誉力が悔しそうに言った。

「そりゃ言い過ぎで」

と、幸ノ花。

「少なくとも、お関取にはなれたよな。……はい、お待ちで」

卯之吉が酒を出した。

銚釐（ちろり）であたためた酒を小ぶりの湯呑みについで呑む。これも屋台の楽しみの一つだ。

「ありがとよ」

「寒い時分はこれにかぎる」

二人の力士が受け取った。

「これから治せば、まだ上へ行けるだろう」

善太郎がそう言って励ました。

「いや、いろんな療治はやってみたんですが……」

幸ノ花はあいまいな顔つきで答え、苦そうに酒を呑んだ。

「ひざってのは相撲取りの重みがかかるから、なかなか治りにくいんで」

誉力が言った。

「そちらも痛めてるのかい？」

人情家主が問うた。

「いや、おいらはどこか痛める前にこらえ性なくぱたっと土俵に落ちちまうから」

誉力がそう言って笑った。

どうやら、もともとあまり強くはないらしい。

「わっしは粘って投げを打ったり、うっちゃりで勝とうとしたりしたので、いくたびも痛める羽目に」

幸ノ花が力なく首を振った。

「ほんとに、あとちょっとで関取だったのに運がねえな。番付運も悪かったしよう」

同じ時期に入門したとおぼしい誉力がわがことのように悔しがる。

「いまじゃ蹲踞(そんきょ)もろくにできねえくらいで、おのれの相撲が取れなくなっちまいまして」

そう嘆くと、幸ノ花は湯呑みの酒を呑み干した。

そのとき、向こうから提灯が二つ揺れながら近づいてきた。

いっさんに蕎麦の屋台に向かってくる。

ほどなく、その顔が見えた。

「おや、これは旦那方(だんながた)」

善太郎が言った。

姿を現わしたのは、本所方与力の魚住剛太郎と同心の安永新之丞だった。

九

与力と同心と言っても、町方のように捕り物をするわけではない。当人たちもつねづね口にしているが、本所方は存外に「地味なつとめ」だ。平生は橋や普請場などの見廻りを行い、いざというときに備えている。

「うちの道場でも駱駝の話でもちきりだったよ」

魚住与力が言った。

善太郎が西詰は駱駝の見世物でえらい騒ぎのようだが、ここいらの晩は普段と変わりがないという話を出したところだ。

「魚住さまもご覧になったんで？」

卯之吉が訊いた。

「いやいや、順待ちがあるから、つとめを放り出さねば行けないね。門人から話を聞いただけだ」

魚住与力が答えた。

与力のつとめばかりでなく、回向院の近くの道場では師範代もつとめている。名は体を表す剛直な剣の持ち主だ。

「こちらも油を売っていることが知れてしまうから」

安永同心がそう言って、卯之吉が出した蕎麦を啜った。

見廻りの途中で小腹が空いたらなみだ通りの屋台に立ち寄ってくれるから、本所方の旦那衆は上得意だ。

魚住与力が剛なら、こちらは柔だ。役者の女形でもつとまりそうな容子のいい優男で、習いごとにいそしむ近場の娘たちからはひそかに「新さま」と呼ばれている。

「でも、それだけの客が相撲に来てくれりゃありがたいんですがね。駱駝に負けてるようじゃ情けねえかぎりで」

誉力がそう言って酒をあおった。

「南蛮かどこか知らねえけど、長崎からはるばるやってきたんだ。それくらいの稼ぎはしてくれねえと」

卯之吉が言った。

「押すな押すなのにぎわいなら、元は充分に取れそうだね」

と、善太郎。

「わっしらの取組のときにゃ、ろくにお客さんもいねえから」

幸ノ花が寂しそうに言った。

「江戸の大関より田舎の三段目、と言うだろう。田舎へ帰ったら、駱駝なんぞ目ではないぞ」

魚住与力が言った。

「はあ、それが……」

幸ノ花は急にあいまいな顔つきになった。

「田舎はどこだ」

安永同心がたずねた。

「信州の藪原宿(やぶはらじゆく)っていう田舎で」

幸ノ花は答えた。

「奈良井(ならい)の近くだな」

と、魚住与力。

「へえ、そのとおりで」

幸ノ花はうなずいた。

「たまには帰ったりしてるのかい」

善太郎がたずねた。

「いや……」

幸ノ花は少し間を置いてから続けた。

「帰れねえわけがあるんで」

相撲取りはそう言うと、湯呑みの酒を一気に呑み干した。

「どんなわけだい？」

人情家主がなおも問う。

「三年くらい前、木曽のほうの出の人が『田舎に帰るから、何か伝言があったら親きょうだいに伝えとくよ。ちょうど通り道だから』って言ってくれたんでさ。わっしはちょうど呑んでたし、そのころはひざも痛めてなかったもんで、つい嘘をついちまって」

幸ノ花は何とも言えない顔つきになった。

「関取になってばりばりやってるから、安心してくれって言ったんだよな。それが嘘になるとも知らずに」

同部屋の誉力が気の毒そうに言った。

「ほんとに、すぐにでも関取になる、上がれると思ってたんでさ。嘘をつくつもりじゃなかった。おっかさんとおとっつぁん、兄ちゃんと弟を早く喜ばせてやろうと思って、わっしは……」

そこで言葉がとぎれた。

ひざを痛めてしまった力士は、浴衣(ゆかた)の袖(そで)で顔を覆(おお)っておいおい泣きだした。

第二章　相模屋（さがみや）と稽古（けいこ）見物

一

なみだ通りの屋台衆にとって、雨と風は大敵だ。

なにぶん火を使うから、荒れた天気の日には湊から船を出すことができない。

そんなときは、長屋でおとなしくしているか、湯屋でゆっくりするか、あるいは煮売り屋でじっくり呑むか、みなおおむねそんな過ごし方をしていた。

屋台衆ばかりでなく、人情家主の善太郎も通っているのが相模屋（さがみや）という煮売り屋だ。

あるじの大吉（だいきち）はもともと屋台の煮売り屋だった。善太郎の屋台だから、身内みたいなものだ。

気張って働いた大吉は、縁あって結ばれた女房のおせいとともに、屋根のついた煮売り屋ののれんを出すことにした。煮物ばかりでなく刺身や茶漬けなどもとりどりに出す見世は繁盛し、なみだ通りには欠かせぬ場所になった。

ことに助かるのは雨の日だ。

「明日は相模屋かねえ」

空模様が芳(かんば)しくないときは、そんな話が出る。

その日は七つごろ（午後四時）から本降りになった。

どうもこれは止(や)みそうにない。

善太郎と屋台衆は早々(そうそう)にあきらめた。

泪寿司はのれんを出しているから惣菜だけつくって運ぶと、善太郎は蕎麦の卯之吉とおでんの庄兵衛を誘って相模屋に向かった。

天麩羅の甲次郎は湯屋だ。湯上がりに二階でひとしきりくつろいでから戻る。

「いらっしゃいまし」

おかみのおせいが、いい声を発した。

「おや、これは風斎(ふうさい)先生」

善太郎が先客に声をかけた。

学者で寺子屋も営んでいる中園(なかぞの)風斎だ。

「ああ、西詰帰りで」

総髪(そうはつ)の学者が風呂敷包みをひざの上に置いた。

「例の駱駝を見物しに行かれたそうですよ」

大吉が笑みを浮かべて告げた。

「へえ、そうですか。どうでした？」

庄兵衛がたずねた。

「いや、それが」

風斎は苦笑いを浮かべてから続けた。

「見物には行ったんですが、列があまりにも長かったので、雨の中を待って風邪でも引いてはと思い、結局、書物を買って帰ってきただけで」

風斎は風呂敷包みを手で示した。

いつも重そうな書物の包みを提げている。おかげで寺子屋は汗牛充棟(かんぎゅうじゅうとう)のさまになっているらしい。

「せっかく行ったんだから、観てくれればいいのに、先生」

見世の娘のおこまが言った。

まだ七つだから看板娘というわけでもないが、客のみなにかわいがられてだんだんに育っている。ときどき大人びたことを言って、意見したりするから侮(あなど)れない。

「はは、おこまちゃんの言うとおりだよ」

善太郎が笑った。

「なら、次は雨降りじゃない日に行ってくるよ」

風斎はそう言うと、味のしみた煮玉子を口に運んだ。

刺身や茶漬け、具だくさんの吸い物などもとりどりに出すが、やはり煮売り屋の看板は煮物だ。庄兵衛のおでんと具が重ならないように気を遣いながら、蛸(たこ)や厚揚げや玉子などをこっくりと煮て出している。

「ちょいと腹が減ったから、握りを二つくんねえか」

卯之吉が指を二本立てた。

「はいよ」

大吉がすぐさま答えた。

「なら、こっちは握りの茶漬けで」

庄兵衛が手を挙げた。

「承知で」

今度はおせいが答えた。

握り、と言っても寿司ではない。焼き握りだ。

相模屋では「握り」といえばこれだ。お握りに刷毛で醤油を塗りながら、こんがりと網焼きにする。味がしみたあつあつの握りにお新香を添えただけで、口福のひと品になる。握りを茶漬けにしてもうまい。梅干しと山葵の入った握り茶漬けは、酒の締めに所望する客が多かった。

むろん、腹が減っていたら先に食してもいい。そのあたりは客の好みで、なかには先に頼んだ刺身を茶漬けにしたりする者もいた。

「それにしても、駱駝の見世物の勧進元は笑いが止まらないだろうね」

善太郎がそう言って、厚揚げを口に運んだ。

練り辛子を少しつけると、ちょうどいい酒の肴になる。

「あれだけの人出ですから、大変な実入りになりましょう」

風斎がそこはかとなくうらやましそうに言った。

「ここいらじゃ、回向院の相撲が束になってもかなわないな」

庄兵衛が言った。

「駱駝と相撲を取ったら勝てそうだがよ」

卯之吉が突拍子もないことを口走ったから、相模屋に笑いがわいた。

そのとき、のれんがふっと開いて、土地（ところ）の顔が二人入ってきた。

十手（じって）持ちとその子分だった。

二

親分は額扇子（ひたいせんす）の松蔵（まつぞう）。面妖（めんよう）な名だが、額に扇子を載せて調子よく歩く芸にちなんでいる。この芸を披露（ひろう）するためだけに宴に呼ばれることもある土地の名物男だ。

子分は線香（せんこう）の千次（せんじ）。ひょろりとやせているためその名がついた。

ともにいかにも頼りなさそうな名だが、どうしてどうして、悪にあたりをつけて捕縛に導くことにかけてはなかなかの腕前だ。今日も両国橋の西詰で続けざまに手柄を挙げてきたらしい。

「なるほど、人が出るところに巾着（きんちゃく）切りも出ますからな」

善太郎が話を聞いてうなずいた。

「なみだ通りじゃめったに出ねえけど」

卯之吉が言った。

「そりゃ、よほど上手な巾着切りじゃないと無理だろう」

善太郎が笑った。

「巾着切りのほかは何か出てましたか」

大吉がたずねた。

相模屋のあるじは紺色の作務衣がよく似合う。生まれは相模国の二宮、川勾神社の近くだ。故郷の海と空の色を忘れまいと、青っぽい色のものを好んで身に着けている。

「振り売りやら講釈師やらでうるさいくらいだったぜ」

松蔵がそう言って、きゅっと酒を呑み干した。

「なみだ通りに入ったらほっとしたほどで」

千次も言う。

「駱駝なんぞに浮かれるんなら、相撲でも見てなと思うがよ」

親分が言った。

「おかげで手柄を立てられたんですから」

子分が酒をついだ。

「いや、手柄って言ってもなあ」

松蔵はいくらかあいまいな顔つきになった。

「巾着を盗られそうになった者の不幸を救うことになったし、この先の咎事も防げたのですから、願ったり叶ったりではありませんか」

風斎がややいぶかしげに言った。

「いや、そりゃそうなんですがね、先生」

松蔵は猪口の酒を呑み干してから続けた。

「今日、駱駝見物のお上りさんのふところを狙ったやつは、むかしから知ってるやつでしてねえ。二十歳になる前はまじめに大工の修業をしてたのに、博打で身を持ちくずしちまって、いまやひと目で分かる巾着切り稼業、ありゃあ三十くらいでお仕置きになっちまうでしょう」

十手持ちは残念そうに言った。

「巾着切りってひと目で分かるの？」

おこまがたずねた。

「そりゃあ、見るやつが見たら分かるんだよ、おこまちゃん。江戸には巾着切りがごまんといるから、仲間同士でふところを狙ったりしねえようにしてるんだ」

松蔵は答えた。

「どういう恰好でしたっけ。むかし聞いたけど忘れちゃって」

おせいが簪に手をやった。

「表が青梅縞で裏が秩父絹の布子、黒染めの琥珀織の帯、紺色の筒長の足袋、それに、白い晒しの木綿の手拭を肩にかけるか腰にはさむかして、雪駄を履いてるんだ」

十手持ちはどこか唄うように答えた。

「そこまで似てるんですか」

相模屋のおかみは目をまるくした。

「そりゃ間違えようがねえな」

卯之吉がそう言って、二つ目の握りをうまそうに胃の腑に落とした。

「そういう仲間に入れれば、太く短くやっていけるって聞いたことはあるけど」

庄兵衛が握りの茶漬けをかきこむ。

「いや、お仕置きになったら元も子もねえさ。細く長くがいちばんで」

松蔵はすぐさま言った。

「うちの小太郎も博打で身を持ちくずしかけたから、他人事じゃないね」

善太郎が少し顔をしかめた。

「今日捕まえたやつだって、改心して細く長くやっていく気になったらと思うと、人の命と一生が惜しくてよう」

十手持ちが嘆く。

「情がありますね、親分」

千次が言った。

「何が情でえ」

松蔵が軽く鼻を鳴らしたとき、一匹の猫が入ってきた。

「お帰り、つくちゃん」

おこまが言った。

相模屋の看板猫のつくばだ。額の模様が筑波山（つくばさん）を彷彿（ほうふつ）させるからその名がついた。

「雨降りなんだから、風邪引くよ」

おせいが声をかけると、つくばはぶるぶるっと身をふるわせた。

そのとき、また客が入ってきた。

「おっと」

大男が猫をあやうくかわした。

「踏むとこだった」

苦笑いを浮かべたのは、相撲取りの幸ノ花だった。

その後ろには親方もいる。

「いらっしゃいまし」

おせいが声をかけた。

「おう、二人分入れるかい？」

本所にある浦風部屋の親方が訊いた。

「はい、お相席でどうぞ」

大吉が手で示した。

奥に小上がりの座敷、手前に茣蓙(ござ)を敷いた土間。それぞれの客に料理を運ぶ煮売り屋らしい簡明な造りだ。

いまは土間に十手持ちと子分。それに、端のほうにおこまがちょこんと座っている。

座敷には善太郎と庄兵衛と卯之吉、それに中園風斎と四人いる。ただし、それなりに広いからまだ座ることはできた。

「わっしらは場所を取るので土間で」

幸ノ花が言った。

「おれは髷(まげ)を落として久しいし、もともと小兵(こひょう)だ。場所を取るのはおめえのほうだろうが」

浦風親方はそう言って土間に腰を下ろした。

「へえ、相済みません」

幸ノ花も続く。

だが、そのしぐさはいやに緩慢だった。

右のひざがずいぶん悪いらしく、慎重に曲げ伸ばしをしてからおっかなびっくり腰を下ろす。どうにも気づかわれる動きだった。

「ひざが悪いのかい？」

松蔵がそれと察して訊いた。

「へえ、だいぶ」

どうにか座った幸ノ花が答えた。

ただし、あぐらはかいていない。右ひざは曲げず、土間に足を投げ出していた。

「そりゃあ、難儀だね」

善太郎が気づかった。

「いろいろ療治はしてみたんですが、はかばかしくありませんでね。……お、燗酒と煮物を見繕ってくんな」

浦風親方があるじに言った。

「承知しました」

大吉が答えた。

親方の現役時代の四股名は小嵐だった。小兵ながらも素早い動きで関取になった人気力士で、ずぶねりや居反り、あるいは内無双や小股すくいなどの多彩な技を持っていた。部屋を継いでからは、名の知れた看板力士こそ出ていないが、その面倒見の良さで慕われている。

「それで……」

伸ばした右ひざに手をやると、幸ノ花は思い切ったように続けた。

「そろそろ潮時かと思って、今日は親方に『ご相談を』と切り出した次第で」

「おおかたそんなことだろうと思ったよ」

浦風親方は渋く笑った。

「相撲取りをやめるのかい」

このあいだ屋台で会ったばかりの善太郎が驚いたように言った。

「このままだらだら続けても、番付が下がる一方で、情けねえかぎりで」

幸ノ花は泣きそうな顔になった。

酒が来た。

「まあ、呑め」

親方が銚釐の酒を湯呑みにつぐ。

「へえ、すまねえこって」

力士が恐縮して首をすくめた。

「次は本所なんだから、もうひと場所気張ってみたらどうでえ」

松蔵親分が言った。

「せっかく回向院でやるんだからな」

庄兵衛も言った。

当時はまだ本所回向院が常設の相撲場ではなく、富岡八幡宮や湯島天神などでも行われていた。今年の正月場所は湯島天神だったが、十月から始まる秋場所は地元の回向院だ。

「ここでやめるのは惜しいぜ。せっかくあと一歩で関取っていうとこまで行ったんだからな」

親方がそう言って、幸ノ花がついだ酒をくいと呑んだ。

煮物が来た。

蛸も厚揚げも玉子も存分に煮えている。

「肝心なところで怪我しちまって」

幸ノ花はまたひざをさすった。

「お医者さんはいないの？」

話を聞いていたおこまがだしぬけに言った。

「骨接ぎや按摩にいろいろ診てもらったんだが、なかなか良くならなくてな」

浦風親方が答えた。

「もともと左が良くなくて、かばってるうちに右をやっちまったんで」

幸ノ花はあいまいな顔つきで言った。

「まあ、食え」

親方が煮物を手で示す。

「へえ」

あと一歩で関取というところまで行った力士は、ようやく箸を取った。

幕下の上位に番付を上げた幸ノ花は、あと一番勝って勝ち越せば関取というところまでいった。将棋になぞらえれば王手をかけたわけだ。

当時、十枚目（十両）という地位はなく、幕下の上はすぐ幕内の前頭だった。晴れて関取だ。

しかし……。

幸ノ花はここで硬くなってしまった。分がいい相手だったにもかかわらず、勝って関取昇進を勝ち取ることができなかった。

それでも、まだあと一番残っていた。勝てば関取に昇進することができる。

まわしを引けば力が出る幸ノ花だが、泣きどころは脇の甘さだった。そのときも相手にふところに入られ、二本差しを許してしまった。

幸ノ花は右でようやく上手を引き、相手の寄りを懸命にこらえた。必死の粘りで土俵を割るまいとした。

それが仇となった。

相手の外掛けで倒され、土俵下へ転落した際、幸ノ花の右ひざがばきっと音を立てた。しばらくは歩けないほどの大怪我だった。休んでいるうちに番付は下がった。やっと相撲が取れるようになっても、かつての力は出なかった。

それに、怪我をしたひざをどうしてもかばってしまう。いまは幕下のさらに下の三段目でもあまり勝てなくなってしまった。

「おまえさん、いくつだい」

松蔵親分がたずねた。

「二十七で」

幸ノ花が答えた。

「なら、まだまだ先があるぞ」

十手持ちが励ました。

「入門し直す気でやったら、相撲が変わるかもしれねえ」

その手下も言った。

「そりゃあ、部屋でも言ってるんで」

浦風親方はそう言うと、味のしみた厚揚げに練り辛子を少しつけて口中に投じた。

「ひざが悪いのなら、前へ出なきゃな」

卯之吉が突っ張るしぐさをした。

「それも言ってるんだがねえ」

親方が渋い表情になる。

「わっしは不器用なんで、なかなか相撲を変えられなくて」

幸ノ花が寂しげに言った。

「そこを変えなければ、関取にはなれないかもしれませんね」

風斎がさらりと厳しいことを言った。

「先生の言うとおりで」

親方は湯呑みを置いてから続けた。

「おのれで『相撲を変えられない』と思いこんでるから変えられないんだ。『変えなきゃや』

と思わなければな。相撲だけじゃない。人もそうだ。おまえは人がいいが、勝ち負けを争う力士としてはそれが弱味になっちまう。だから、あと一番が勝てなかったんだ」

その言葉を聞いて、相模屋の大吉とおせいが期せずしてうなずいた。

「やめるのはいつでもできるから」

庄兵衛が言った。

「そうそう。木曽じゃ関取ってことになってるんだから、嘘を真（まこと）にしなけりゃね」

善太郎が言った。

「わっしは嘘をつくつもりはなかったんで……」

どうやらその話は幸ノ花の泣きどころらしい。目尻からほおのほうへ、つ、と水ならざるものが伝っていった。

「なら、明日からまた稽古だ」

親方が笑みを浮かべた。

「仕込みの前に見にいってやるぜ」

卯之吉が言った。

「ああ、いくらでも見にきてください。外から見えるようにしてありますから」

浦風親方は愛想よく言った。

「やぶ重の先ですから、帰りに蕎麦もたぐれるんで」

風鈴蕎麦の屋台のあるじは身ぶりをまじえた。

なみだ通りを突っ切ったところにやぶ重がある。浦風部屋はそこから目と鼻の先だ。

「だったら、わたしも行くよ」

善太郎が手を挙げた。

「よし、みなを誘って、幸ノ花を励ましがてら稽古見物だ」

卯之吉が両手を打ち合わせた。

「明日の朝なら、おれもふらっと寄るぜ」

松蔵親分も言った。

「すまねえこって」

幸ノ花が頭を下げた。

三

翌日は雨も上がっていい天気になった。

なみだ通りの面々は、幸ノ花を励ますべく、浦風部屋の稽古を見物しに行くことになった。

善太郎と卯之吉と庄兵衛、それに、泪寿司は早くから開けない小太郎もついてきた。稽古をひとしきり見物したら、やぶ重がのれんを出す頃合いになる。

やぶ重では中食(ちゅうじき)の膳を出していた。数にかぎりがあるため、早くから並ぶ客もいるほどだ。盛りがいいことで評判の膳を求めて、遠くから足を運ぶ者もいる。

「朝稽古にしては遅い頃合いだから、やってるかねえ」

善太郎がそう言って、いくらか足を速めた。

「浦風部屋はみっちりとすり足や四股などで体をつくってから申し合いをするんで、ちょうど終わり方のいいところでしょう」

相撲にくわしい庄兵衛が言った。

「そう言や、相撲部屋の稽古見物は初めてで」

小太郎が言った。

「ちょっと前まではそんなゆとりがなかったからな」

と、善太郎。

「泪寿司のおかげで、心にゆとりができたから」

小太郎は父に答えた。

「見廻りかい、親分」

卯之吉が声をかけた。

と言っても、松蔵親分ではなかった。なみだ通りで「親分」と呼ばれている雄の黒猫だ。貫禄(かんろく)があるから、なるほどその名にふさわしい。

やぶ重の前を通った。

「おっ、今日は蒲焼き丼膳か」

夏には蒲焼きを売る庄兵衛の声が弾んだ。

やぶ重の前に立て札が出ていた。

本日の中食
かばやき丼膳
もりそば、うなぎかばやき丼、きもすひ
四十食かぎり、三十八文にて
午(ひる)より、うりきれ御免

そう記されていた。

「遅れないようにしないと」

小太郎が言った。

「ちょうどいい頃合いだろう。幸ノ花だけ見ればいいんだから」

善太郎が笑みを浮かべた。

浦風部屋の前には、いくたりか先客がいた。

格子の間から中の稽古場をのぞくことができる。近場だけでなく、ひいきの力士を目当てに通う熱心な者もいた。

「おう」

先客の一人が気づいて手を挙げた。

松蔵親分だ。

「やってますかい？　親分さん」

善太郎が問うた。

「そろそろ申し合いの頃合いで」

松蔵は答えた。

先客のなかには、これから習い事とおぼしい二人の娘もいた。本場所を女が見物することはできないが、稽古なら話はべつだ。なかには稽古も見せない部屋もあるようだが、浦風部屋はよろずに鷹揚(おうよう)で、だれでも望む者は見られるようになっていた。

　ほどなく、申し合いが始まった。

　二人の力士が土俵に上がり、相撲を取る。勝った力士が土俵に残り、負けた力士はいったん下りる。

　次の相手は、勝ち残りの力士が指名する。一番取り終えたら、「次はおいらと」「いや、おれと取ってくんな」とばかりにほかの力士がわらわらと寄ってくる。

　勝てば勝つほど番数を取れるから、いい稽古ができるし力もつく。どの力士も気合の入った表情だった。

　土俵をしばらく独り占めしていたのは、浦嵐(うらあらし)という力士だった。浦風部屋の「浦」と、親方の四股名、小嵐の「嵐」をつなげた期待の相撲取りで、あと一歩で関取という幕下上位にまで番付を上げている。

　ここで幸ノ花が手を挙げた。

「よっしゃ」

　浦嵐が気合の入った声をかけた。

「気張っていけ、幸ノ花」

　庄兵衛が控えめに声援を送った。

「おう、見に来たぜ」

卯之吉も和す。

座敷には浦風親方がどっしりと座り、腕組みをして稽古を厳しいまなざしで見守っていた。

だが……。

相撲は一方的だった。低い当たりで踏みこんだ浦嵐が力強いはず押しで一気に土俵の外へ運んだ。幸ノ花はまったくなすすべがなかった。

「腰が高いぞ、幸」

親方の叱声が飛ぶ。

「へい」

幸ノ花が力なく答えた。

「同じ負けるなら、前へ出て負けろ。そうすれば、ひざに重みもかからない。下から、下から」

親方は身ぶりをまじえて熱心に指導した。

「へいっ」

幸ノ花は気を入れ直すように答えた。

「浦嵐なんて、前はわらべ扱いしてたんだがな」

庄兵衛が歯がゆそうに言った。

「押しこまれると、もう残り腰がないから」

善太郎が首をかしげる。

「またひざを痛めるんじゃねえかと体が思っちまうんだろう」

松蔵親分がそんな読みを入れた。

浦嵐の息が上がり、代わりに誉力が土俵に残った。

再び、幸ノ花の出番が来た。

上背はないが横幅のある押し相撲の相手に対して、幸ノ花はいきなり伸び上がるように右の上手を取りにいった。

これが裏目に出た。

またしてもふところに入られた幸ノ花はずるずる下がる一方だった。そのまま土俵を割り、首をひねる。

「下からだって言っただろう」

親方の声が高くなった。

「そんな相撲じゃ何も変わらないぞ。生まれ変わった気でやれ」

叱声が飛ぶ。

「へえ」

幸ノ花は短く答えると、額の汗をぬぐった。

四

見廻りがある松蔵親分を除くなみだ通りの面々は、浦風部屋の稽古見物を終えてからやぶ重へ向かった。

「もうちょっといい稽古をするかと思ったんだがなあ」

庄兵衛がややあいまいな顔つきで言った。

「怒ってましたね、親方」

小太郎が言う。

「相撲の親方にしちゃ温厚ないい人なんだが、さすがにあの相撲っぷりじゃ怒りたくもなるな」

善太郎が言った。

「かつてはわらべ扱いしていた浦嵐にいっぺんに持っていかれてたからねえ」

庄兵衛が嘆いた。

「それはそうと、娘が二人、熱心に見物してただろう?」

卯之吉が庄兵衛に言った。

「ああ、ずいぶん気を入れて見てたな」

と、庄兵衛。

「そのうち背の高えほうは幸ノ花がひいきらしくて、負けるたんびにため息をついてた」

卯之吉はそう伝えた。

「そりゃため息もつきたくなるよ」

善太郎が言った。

そんな話をしているうちに、やぶ重に着いた。

ちょうどおかみがのれんを出すところだった。さすがに人気で、ほかにも待っている客がいた。

「いらっしゃいまし。どうぞお入りください」

おかみの明るい声が響いた。

「いらっしゃいまし。今日はおそろいで」

あるじの重蔵が笑顔で出迎えた。

「浦風部屋へ稽古見物に行ってきてね」

善太郎が答えた。

「いいですね、そりゃ。次の秋場所は回向院だから楽しみです」

やぶ重のあるじが言った。

なみだ通りの面々は小上がりの座敷に陣取った。

ほどなく、中食の膳が来た。

蒲焼き丼にもり蕎麦、それに肝吸いまで付いたなかなかに豪華な膳だ。

「どれから食うか箸が迷うな」

善太郎が言った。

「おいらはやっぱり蕎麦から」

風鈴蕎麦の屋台のあるじが箸を伸ばした。

「なら、蒲焼き屋は丼から」

庄兵衛が笑って続く。

「ああ、やっぱりうまい」

蕎麦を啜った小太郎が言った。

「ここの蕎麦は角(かど)が立ってるからな」

と、善太郎。

「そうそう。のど越しが違う」

小太郎がうなずく。

「のど越しが悪くてすまねえな」

卯之吉が半ば笑いながら言った。

「いや、屋台の蕎麦には屋台の味があるから」

小太郎はあわてて言った。

「相撲で言えば、力士と行司みたいなもんだ。力士は力士同士、行司は行司同士で競えばいい」

庄兵衛がそんなことを言いだした。

「どっちが力士で、どっちが行司だい」

善太郎が問う。

「そりゃあ、いい衣装をまとってる行司がやぶ重みたいな蕎麦でしょう。屋台の蕎麦は褌(ふんどし)一丁で」

庄兵衛が答えた。

「褌一丁で上等だよ」

卯之吉がそう答えたから、やぶ重の座敷に笑いがわいた。

やがて膳が平らげられ、蕎麦湯が来た。

「おや、これは新たな揮毫（きごう）だね」

床の間のほうをちらりと見て、善太郎がおかみに言った。

「ええ。先だって本因坊さんが見えたので、お願いしてみたところ、快く書いてくださったんです」

おかみがにこやかに答えた。

「そうかい。いい字だね」

善太郎は改めて掛け軸を見た。

玄妙　　元丈

そう読み取ることができる。

そろそろ勇退が近い本因坊元丈（げんじょう）の書だ。

「田舎へ帰るお弟子さんに、ここで餞別（せんべつ）を渡されていました」

あるじの重蔵が言った。

「何かわけがあって帰ることになったのかい」

善太郎がたずねた。

「わけと言うか……おのれに才なきを悟って、見切りをつけて田舎へ帰ることにしたようです。本因坊さんはお弟子さんの労をねぎらっていました」

重蔵は感慨深げに言った。

「そうかい。それはつらい見切りだったね」

善太郎がしみじみと言った。

「碁打ちも相撲取りも、田舎じゃ天狗でも、江戸へ出てきたら勝手が違うからね」

庄兵衛が言った。

「日の本の津々浦々から天狗たちが江戸へ集まって競い合うわけですので」

やぶ重のあるじが言う。

「一敗地にまみれて田舎へ帰っていく天狗も多いだろう」

そう答えたとき、善太郎の脳裏にある男の姿が浮かんだ。

それは、幸ノ花だった。

第三章　信州からの客

一

秋が深まっても、駱駝の人気は衰えることがなかった。

江戸の民ばかりではない。近在の町やかなり離れたところからも駱駝目当てに人が集まり、旅籠の空きを探すのもひと苦労だった。

ただし、ひと頃の押すな押すなの人の波は多少なりとも穏やかになった。

そこで、雨の日を選んで、なみだ通りの面々もやっと腰を上げ、有志が連れ立って駱駝見物へ行くことになった。

木戸銭は三十二文、決して安くはない値だが、それなりに列は延びていた。

「入るまでが寒くてつらいね」

善太郎が首をすくめた。

「そのうちもっと寒くなるんで」

おでんの庄兵衛が言った。

「回向院で相撲も始まるしね」

蕎麦の卯之吉も言う。

「相撲はとても太刀打ちできないかもしれないね」

と、善太郎。

「去年の二月場所は不入りで途中で打ち切りになったくらいだから」

天麩羅の甲次郎も列に並んでいた。

ふところには、今は亡きおとしの形見の櫛もひそませてきた。一生に一度の見世物だから、女房にも見せてやりたかった。

「そういうこともありましたねえ」

庄兵衛が言った。

「本場所はうちらは見られないから、駱駝で我慢しないと」

おそめが笑みを浮かべた。花相撲はともかく、本場所は女人禁制だ。

本場所こそ見られないがおそめはなかなかの相撲通で、緑松部屋の福ノ花という関取をひいきにしている。気っ風のいい突き相撲で、錦絵にもなった男前だ。

「それじゃ、駱駝同士が相撲を取るみたいじゃないか」

善太郎がそう言ったから、なみだ通りの面々に和気が漂った。

雨でも「泪寿司」はのれんを出すから、小太郎はいない。足が悪い寿一も、もちろんここにはいなかった。

そうこうしているうちに、列はだんだんに短くなり、やっと番が回ってきた。

「やれやれ、ようやく入れるよ」

善太郎がそう言って傘をすぼめた。

二

「東西!」

小屋に声が響きわたった。

どどん、と太鼓が鳴り響く。

「よっ、待ってました」

「駱駝はどこでえ」

せっかちな客が声を発した。

「ただいまからお見せいたしますのは、長崎渡来、世にもまれなるつがいの駱駝でござりまするー」

唐人の恰好だろうか、面妖な青い衣装をまとった男がよく通る声で口上を述べだした。

「駱駝はともに温厚にて、夫婦仲いたってむつまじく、偕老同穴、夫婦和合のお守りともなる霊獣でございます。とくとその目でごらんくださいまし。では、いざ！」

案内役が大仰なしぐさで右手を挙げた。

でろでろでろ、と太鼓が響く。

その音に合わせて、赤い更紗に覆われたものが引かれて出てきた。

「ずいぶん気を持たせるね」

善太郎が小声で言った。

「人が入ってるんじゃねえか？」

卯之吉は本物かどうか疑っていた。

「まさか、そりゃないだろうよ」

と、庄兵衛。

「おっ、更紗が取られるぞ」

甲次郎が指さした。

もう一人、唐人の恰好をした小柄な男が更紗を取ると、背に瘤のある面妖な生き物が姿を現わした。

小屋じゅうがどよめく。

「うわ、本物だ」

卯之吉が目を瞠った。

「そりゃ、偽物だったらえらい騒ぎになってるよ」

善太郎がおかしそうに言った。

「遠いところからよく来たわねえ」

おそめが妙な感心をした。

「東西！」

案内人が再び声を発した。

「いま現れ出でたるは雌の駱駝。江戸の大根をいたく気に入った様子にて、さっそく与えてみましょう」

駱駝を引いていた男が桶から切った大根を取り出し、駱駝に与えた。

「おっ、食ってる食ってる」

「駱駝って大根を食うんだ」

小屋のあちこちから声があがった。

「甘藷も食べます。ほれ」

今度は甘藷が与えられた。

「生のまま食いやがる」

「ばりばり食ってるぞ」

客の声が響いた。

「では、雌の駱駝は退場いたします」

案内人が言った。

「物を食っただけだな」

甲次郎がぽつりと言った。

「天麩羅やおでんを食うんなら芸になるけど」

善太郎が小声で言う。

「そんな駱駝がいたら嫌だよ、おまえさん」

おそめが笑った。

ほどなく、雌の駱駝は悠然と去っていった。

背に瘤は一つだけのヒトコブラクダだ。

「東西！」

今度は拍子木が鳴った。

「次に登場するは、いよいよ雄の駱駝でございます。芸も含めて、とくとご覧あれ」

案内人の声が高くなった。

ややあって、妙な笛の音が響いてきた。

べつの駱駝が引かれてきた。

その背に派手やかな衣装を着た小男が乗り、笛を吹いている。

「芸って、人がやるのかよ」

「そりゃ、駱駝が笛を吹いたらびっくりだ」

「雄もただ歩くだけだな」

客が口々に言った。

「お出口には、駱駝の背の形をした櫛やお人形、煙草（たばこ）入れなど、さまざまな品がそろっております。どうぞご利用くださいませ」

案内人が如才なく言った。

「あきないがうまいな」

善太郎が苦笑いを浮かべた。

「木戸銭だけでもずいぶんなもうけだろうに」

庄兵衛も言う。

案内人はさらに続けた。

「駱駝の毛は疱瘡除(ほうそうよ)けに効き目があります。そちらの御札もあきなっております」

笛の音がいちだんと高くなった。

「濡れ手で粟(あわ)の丸もうけだな」

「笑いが止まらねえぜ」

「おんなじ両国でも、相撲は大して入らねえのによ」

客の声が響くなか、駱駝はゆっくりと歩き、幕の向こうへ消えていった。

三

土産売り場は人でごった返していた。

「せっかくだから、お守りだけ買っていくか」

善太郎が言った。

「ずいぶん買いこんでる人もいるねえ」

甲次郎がぽつりと言ったから、場がいささかしんみりとした。

「あいつが生きていたら、櫛を買ってやったんだが」

善太郎は笑みを浮かべた。

「まあ、気休めだろうがね」

おそめが問う。

「疱瘡のかい？」


「なら、おとなしく戻って相模屋へ行きますか」

甲次郎が言う。

「せっかくの西詰だが、どこも混んでいそうだな」

重い雲を見て、善太郎が言った。

「また土砂降りになるかもしれないな」

見世物小屋を出ると、雨は小降りになっていた。

少しうらやましそうに卯之吉が言った。

「そりゃ、わざわざ江戸へ見物に来た客はたんと買うだろうよ」

庄兵衛がそれとなく指さした。

庄兵衛が水を向けた。

「相模屋なら間違いがないからな」

卯之吉が賛意を示した。

そんなわけで、話がまとまった。

泪寿司の惣菜は、すでに昆布豆と卯の花を渡してある。あとは小松菜の胡麻和えとお浸しをおそめがつくって運ぶ段取りになった。

両国橋をこれから渡って、駱駝を見に行く人々とすれ違った。なかには二度、三度と足を運ぶ者もいるらしい。

「一度見れば充分だがねえ」

庄兵衛がいくらかあきれたように言った。

「しばらく見ないとまた見たくなったりするのかもしれないよ」

と、おそめ。

「前に買い逃した土産が欲しくなったりすることもあるかもしれないね」

善太郎がそんな読みを入れた。

「ああ、なるほど。そりゃあるかも」

卯之吉が言った。

そんな話をしながら両国橋を渡った一行は、惣菜づくりがあるおそめを除いて相模屋へ向かった。

煮売り屋に近づくと、中から声が聞こえてきた。

「おや、あの声は」

善太郎が耳に手をやった。

「どこかで聞いたような声でしたね」

庄兵衛が笑みを浮かべた。

案の定だった。

相模屋の先客は、万組（よろずぐみ）の大工衆だった。

四

「うちの連中も、おおむね見物に行ってますな」

棟梁の万作（まんさく）が言った。

屋台と同じく、大工衆も雨に降られるとつとめにならない。

「一度だけでいいから見物をと思ってね」

善太郎はそう言って、煮魚に箸を伸ばした。

「浅草の奥山には、とうとう駱駝の偽物が出たそうで」

江戸のほうぼうで普請をしている棟梁が告げた。

「へえ、どんな偽物です？」

庄兵衛が身を乗り出した。

「暗え小屋で、茶色の布をかぶったえたいの知れねえものがもぞもぞ動いてたそうで」

万作が答えた。

「そりゃ、人がやってるんだろう」

善太郎はあきれたように言った。

「臭いもしなかったとか。きっとつくりものでしょう」

「木戸銭はいくらです？」

卯之吉がたずねた。

「八文と安いのが救いで」

棟梁は答えた。

「そりゃあ、だまされ代かもしれませんね。……はい、煮蛸お待ちで」

相模屋のあるじがいい塩梅に煮えた蛸を出した。

「こちらは握り茶漬けで」

おかみのおせいが所望した大工に碗を渡す。

「そんな偽物でも客は入ってるのかい」

人情家主が棟梁に問うた。

「それなりに入ってるそうで」

万作はまた苦笑いを浮かべると、弟子からつがれた湯呑みの酒を呑んだ。

「偽物でも入るんだから、そりゃ本家は列になるわけだ」

甲次郎が言った。

「ちょっとは相撲にわけてやればいいのによ」

相撲好きな庄兵衛が言う。

「ああ、そう言や、そろそろ回向院の興行だな」

「すっかり忘れてた」

「駱駝に圧(お)されて影が薄かったからよ」

万組の大工衆が口々に言う。

「忘れないでくれよ。次の場所に進退を懸けてる相撲取りだっているんだから」

庄兵衛が不服そうに言った。

「だれだい、その相撲取りは」

棟梁が訊いた。

「浦風部屋の幸ノ花で。ここにもちょくちょく来ますが」

庄兵衛が答えた。

「次の場所が駄目だったら、やめるんで？」

大吉が少し驚いたように問うた。

「どうもそのつもりらしい。このあいだ稽古を見たけど、あれじゃあちょっと厳しいかな」

庄兵衛は首をひねった。

「ひざが悪いんでね。うちの屋台の客でもあるんで、気張ってもらいたいんだがねえ」

なみだ通りの人情家主がしみじみと言った。

五

いよいよ本場所が近づいたある日――。

善太郎とおそめは「泪寿司」に惣菜を運ぶところだった。

卯の花、ひじきの煮つけ、小松菜の胡麻和え、切干大根、高野豆腐など、とくに凝った料理ではないが、長屋の女房衆にはいたく重宝されている。

「ありがとよ」

厨から小太郎が声を発した。

寿一は遅れてやってくる。それまでのもろもろの仕込みは小太郎のつとめだ。初めのうちはしくじりも多く叱声も飛んだが、このところは寿司飯の塩梅も決まってきた。

「なら、気張ってね」

おそめが言った。

「ああ、気張るよ」

すっかり立ち直った跡取り息子が明るい声で答えた。

「見世の入りもまずまずでひと安心だな」

なみだ通りを戻りながら、善太郎が言った。

「そりゃ与兵衛鮨なんかと比べたらまったくかなわないけど、どうにかやっていけてるだけで御の字だからね」

と、おそめ。

「そうそう。たった一枚ののれんだが、守っていくのは大変なんで」

善太郎は答えた。

物心ついてから本所のこの界隈で暮らしているから、よく分かっている。ひとたびのれんを出したものの、見世じまいを余儀なくされたところは何軒も見てきた。

屋台もそうだ。いつのまにか消えてしまった灯りもある。そういったいまはなき見世や屋台の思い出も、なみだ通りにはそこはかとなく漂っていた。

屋台の船着き場に戻ると、おでんの庄兵衛がいち早く船出をするところだった。

「おっ、今日は二度のおつとめかい？」

善太郎が声をかけた。

「とりあえず一度で。ちょいと雲行きが怪しいから」

庄兵衛は答えた。

肩に頑丈な帯をかけ、おでん鍋を運べるようにしてある。屋台のなかではいちばん小回りが利くから、売り切れたら仕込みに戻って出直すこともしばしばあった。

「降らないといいわねえ」

おそめが空を見上げて言った。

「あんまり遠くへ行かないようにしますよ」

庄兵衛が立ち止まって答えた。

そのとき……。

なみだ通りの両国側から、男が二人、急ぎ足で近づいてきた。

「もし」

と、声をかける。

どちらも旅装で、脚絆(きゃはん)を巻いている。

日はだいぶ西に傾いているが、表情はまだ充分に読み取れる。顔がよく似ているから、ことによると兄弟かもしれない。

「何でしょうか」

善太郎が答えた。

「ものをおたずねしますが、浦風部屋はこの通りでしょうか」

いくらか年かさに見えるほうがたずねた。

「ええ。ここを突っ切って、右に曲がったところですよ。このあいだ稽古見物をしたばかりで」

善太郎は答えた。

「ああ、合ってたな」

「間違えなくて良かった」

男たちが言葉を交わす。

「浦風部屋に何か用ですかい？」

庄兵衛が問うた。

「弟が浦風部屋の相撲取りなので、たずねてきたんです」

年かさのほうが笑みを浮かべて答えた。

「そうですか。何という四股名で？」

庄兵衛はさらにたずねた。

男はひと呼吸置いてから、自慢げに答えた。

「関取の幸ノ花です」

六

「幸ノ花なら、よく知ってるよ」

善太郎が笑みを浮かべて告げた。

「うちの通りの屋台によく来てくれるからね」

庄兵衛も和す。

「べつにうちの通りじゃないけれど」

おそめが笑った。

「ああ、そりゃ好都合で」

「助かった」

旅装の二人が言った。

「なら、わたしが案内するよ。幸ノ花のお身内かい？」

善太郎が訊いた。

「上の兄と、下の弟で」

「三人兄弟なんで」

よく似た顔の男たちが答えた。

「おいらも途中まで」

庄兵衛も言った。

「なら、気をつけて」

おそめが軽く右手を挙げた。

「ああ、行ってくる。……こちらで」

善太郎は先に立って歩きだした。

「どちらから出てきたんだい？」

若い二人に向かって、庄兵衛がたずねた。

「信州のほうで」

兄が答えた。

「ああ、幸ノ花がそう言ってたね。信州のどのへんだっけ」

さらに問う。

「木曽の藪原宿で」

弟がいくらか自慢げに答えた。

「そうだったね。前に当人から聞いたよ」

善太郎がそう言ったとき、おでんの客が来た。

じゃがたら芋に厚揚げに玉子に大根。どれもよく煮えている。だしの香りが引き札になるから、さほど売り声をあげなくても客は来てくれる。

「なら、お先にどうぞ」

おでんの屋台のあるじが身ぶりでうながした。

「分かった。帰りに寄るよ」

そう告げると、善太郎はなみだ通りの先へ案内を続けた。

「幸ノ花の応援に来たんだね。兄弟だけかい」

善太郎は歩きながら訊いた。

「おとっつぁんは畑仕事があるし、おっかさんはちょいと足が悪いんで」

兄が答えた。

「子の世話は女房に任せて、兄ちゃんと二人で出てきたんです」

弟が言葉を添える。

「おいらも同じで」

幸ノ花はまだ独り身だが、兄弟は身を固めて子もいるようだ。

「そうかい。場所が終わるまでいるのかい?」

善太郎はなおも問うた。

「できればそうしたいけれど、駱駝と相撲を見物したら、畑仕事もあるから帰ろうかと」

「まあそのあたりは成り行きで」

信州から出てきた兄弟は答えた。

「やっぱり駱駝も見るのかい。このあいだ、わたしも仲間と一緒に見物したばかりだよ」

人情家主が告げた。

「うちの田舎にまで評判が聞こえてきたもんで」

「前から相撲見物はしたかったんで、ちょうどいいかなと」

幸ノ花の兄と弟が言う。

「はは、そりゃ好都合だね」

善太郎は笑みを浮かべた。

「もちろん、関取の応援のほうが番付は上だけど」

「駱駝の下だったら関取が泣くよ」

兄弟の話を聞いて、善太郎の胸が少しきやりとした。

先ほどから幸ノ花のことを「関取」と呼んでいる。これはどうやらあだ名のたぐいではないらしい。

なみだ通りを突っ切り、浦風部屋のほうへ曲がった。相撲部屋はもう目と鼻の先だ。

「ところで……」

兄が口を開いた。

「幸ノ花関の番付はいまどのあたりで？　次の場所で勝ち越したら、いよいよ三役ですかい？」

そう問われて、善太郎は返答に窮した。

三役どころか、三段目でもなかなか勝ち越せなくなってしまっているとは告げかねた。

しかも、次の場所に進退を懸けている。目が出なかったら相撲をやめる覚悟だと伝えることはできなかった。

「それは……部屋へ行けば分かるよ」

逃げを打つようだが、そんな返答しかできなかった。

木曽へ帰る人に向かって、幸ノ花は「関取になった」と里に伝えてくれと頼んだ。決して嘘をつくつもりはなかった。次の場所で勝ち越せば、間違いなく関取になることができたのだから。

しかし……。

その肝心な場所で「あと一番」が勝てず、幸ノ花は大怪我をしてしまった。それからは番付が下がる一方で、とうとう髷を切るかどうかというところにまで追い詰められてしまった。そういったいきさつを兄弟は知らない。

「何にせよ、久々だな」

兄が言った。

「楽しみだな、兄ちゃん」

弟が笑みを浮かべる。

浦風部屋の看板が見えてきた。

「あそこだよ」

いくらか沈んだ声で、善太郎は指さした。

七

行きがかり上、ここできびすを返すわけにはいかなかった。

善太郎は親方にいきさつを伝え、一緒に部屋に入った。

幸ノ花は食事の後の昼寝中だった。食べて太るのも稽古のうちだ。

起こされた幸ノ花は我に返った。

「おう、藪原から来たぜ」

「久しぶりだな」

兄弟の顔を見た幸ノ花は、何とも言えない表情になった。

「番付の件はまだ」

善太郎は幸ノ花と親方に告げた。

「ここじゃ何だな」

浦風親方は腕組みをした。

「なら、やぶ重へでも行きますか」

善太郎が水を向けた。

「そうだな。せっかく出てきてくれたところ悪いが、近場の蕎麦屋でちくと」

親方は酒を呑むしぐさをした。

「まだ旅籠を決めてねえんですが」

幸ノ花の兄が言った。

「旅籠なら近くにあるし、空きはあるだろうから。……よし行くぜ」

親方は力士に言った。

「へい」

幸ノ花は浮かない顔で続いた。

「おとっつぁんも、おっかさんも達者だよ」

「里のみんなも応援してら」

まだ何も知らない兄弟が笑顔で言った。

兄は仁吉で、弟は吉三という名だった。

幸ノ花の名は幸吉だ。四股名の「幸」はそこから採った。

「ひざを痛めちまってな」

やぶ重へゆっくり歩を進めながら、幸ノ花がぽつりと言った。

「えっ、次は休場かい、兄ちゃん」

弟の吉三が驚いたように問うた。

「いや、出るよ、さ……」

最後の場所になるかもしれないから、という言葉を、幸ノ花は呑みこんだ。

「とにかく、藪原宿のほまれだから」

「関取だからな」

「そろそろ三役じゃないのかい」

何も知らない兄弟が上機嫌で言う。

幸ノ花は黙って唇をかんだ。

「まあ、そのあたりは蕎麦屋で」

浦風親方が助け舟を出した。

「そうですね。江戸でも指折りの蕎麦だから」

善太郎も言う。

やぶ重に着いた。

本因坊家ゆかりの碁盤が床の間に置かれている座敷に上がる。

まずは酒を注文した。蕎麦は締めでいい。

「回向院の相撲興行は晴天十日だ。雨が降ったら順延になる。何日くらいまで見物するかい？」

親方が訊いた。

「そりゃあ、成り行きで」

「優勝争いにでもなったら帰れないから」

幸ノ花の兄弟は答えた。

「そんなことにはならねえ」

幸ノ花は何かを思い切ったように言った。

銚釐（ちろり）が来た。

肴はひとまず蕎麦味噌だ。蕎麦の実が練りこまれていて香ばしい。

「あとで天麩羅を揚げてくれ」

親方がおかみに言った。

「承知しました」

重い雰囲気を察したか、おかみがいつもより硬い顔つきで下がっていった。

「まあ、呑め」

親方が幸ノ花に酒をついだ。

「へえ」

幸ノ花が肩をすくめる。

「ご苦労さんで」

面倒見がいいことで知られる浦風親方は、善太郎と幸ノ花の兄弟にも順々に酒をついでいった。

「こちらは、ここいらの屋台を束ねている顔役さんだ。うちの力士も世話になってる」

「さようですか。関取の兄の仁吉です」

善太郎をそう紹介する。

「弟の吉三で」

木曽の藪原宿から来た二人が名乗った。

「ご苦労さんだね」

善太郎が労をねぎらったところで、幸ノ花がつがれた酒をくいと呑み干した。

「わっしは……」

そこでいったん言葉を切ると、幸ノ花は兄弟に向かって告げた。

「関取じゃねえんだ。三段目の取的(とりてき)だ」

間があった。

親方が酒を啜る。

「ひざを痛めて落ちちまったのかい」

兄がやっと口を開いた。

「いや」

幸ノ花は首を横に振った。

「一度も関取になったことはねえんだ。あと一番、勝てば関取ってときに、ひざを痛めちまって、それからは……」

あとは言葉にならなかった。

ここ一番で無念の大怪我をしてしまった力士は、手で顔を覆って泣きだした。

「……泣くな」

親方が言った。

ただし、その声もいくらかかすれていた。

「おまえはずっと気張ってやってきた。おれは見ていた。泣くな」

親方は重ねて言った。

「紙一重の運でね」

善太郎も兄弟に向かって言う。

「いや」

幸ノ花はまた首を横に振った。

「運も力のうちで。わっしが弱かっただけで」

三段目の相撲取りはそう言うと、酒を苦そうに呑み干した。

「おいら、兄ちゃんが関取になったと聞いて、里のみんなに自慢して……」

吉三が言った。

「あれは嘘だったのかい」

兄の仁吉が問うた。

その顔にはまだ驚きの色が浮かんでいた。

「嘘をつくつもりはなかったんだ」

必死の面持ち（おもも）で、幸ノ花は言った。

「あの場所は、楽に勝ち越して関取になれると思ってたんだよ。だから、木曽へ帰る人に、藪原へ寄ったらそう伝えてくれと言っちまって……嘘をついたことになっちまって」

幸ノ花の唇がふるえた。

「こいつに悪気はなかったんだ。勘弁してくんな」

親方が頭を下げた。

「いや、わっしが悪いんで」

幸ノ花はあわてて言った。

「おめえの名が上のほうに載ってる番付を、おとっつぁんもおっかさんも楽しみにしてたんだ。土産にくれって言われてよ」

兄が言った。

「里の者みなが楽しみにしててよう」

弟も和す。

「すまねえ……わっしは、ただのいっぺんだって関取になったことはねえ。大銀杏（おおいちょう）を結ったことはねえんだ」

幸ノ花はそう言うと、また男泣きを始めた。

厨で天麩羅を揚げていたあるじの重蔵までもらい泣きを始めた。善太郎も続けざまに瞬（まばた）きをする。

「もういっぺん、関取を目指したらどうだい、兄ちゃん」

吉三が言った。

「そう思ってたときもあった。親方からも言われた」

幸ノ花は涙をぬぐって続けた。

「だがよ、ひざが言うことを聞いてくれねえ。踏ん張りが利かねえ。もう駄目だ。三段目でも勝ち越せねえんだから、関取なんて……」

一度は手に入れたと思われた関取の座が、遠いところへ去ってしまった。

その無念が、幸ノ花の表情には色濃く浮かんでいた。

「もう一場所気張ってみなと言ったんだ」

親方が言った。

「場所の前にやめたいと言っていたんだがね」

善太郎が言い添える。

「思い残すことがねえように、あと一場所、下のほうだから五番、おのれの相撲を一番でも多く取って、それでやめるつもりだった」

幸ノ花は胸の内を明かした。

「やめてどうするんだい。一緒に帰るか?」

兄が問うた。

「……帰れねえ」

幸ノ花はまた首を横に振った。

「そのつもりはなかったとはいえ、嘘をついちまったことに変わりはねえ。どのつら下げて帰れるんだ」

おのれが腹立たしいのか、吐き捨てるように言う。

「なら、この先どうするんだい、兄ちゃん」

弟が案じ顔で訊いた。

「ともかく、あと一場所気張ってからだ。あとのことはどうにかしてやる」

親方の声に力がこもった。

「わたしも力になるから」

善太郎も言った。

「へい……ありがてえ」

幸ノ花は頭を下げた。

やぶ重のあるじとおかみの目と目が合った。

「お待たせいたしました」

まずは天麩羅が運ばれてきた。

海老に鱚(きす)にかき揚げ。胡麻油の香りがそこはかとなく漂う揚げたての天麩羅だ。

「おう、食え」

親方が幸ノ花に言った。

「先に食ってくれ。わっしは胸が一杯で」

相撲取りは田舎から出てきた兄弟に言った。

「これから世話になります」

親方が善太郎に酒をついだ。

弟子を思う気持ちが伝わってきた。

「承知しました」

なみだ通りの人情家主は、気の入った声で答えた。

第四章　最後の場所

一

「いよいよ明日から本場所だね」

善太郎が言った。

「二日分、稼いで来なきゃ」

おでんの支度を整えた庄兵衛が言った。

「あ、見に行くんだ、庄さん」

おそめが言う。

「幸ノ花の最後の場所だからね。朝から応援しないと」

庄兵衛は笑みを浮かべた。

「いいわねえ。わたしが男だったら、毎日だってひいきの福ノ花の応援に行くんだけど」

おそめが言う。

「幸ノ花の応援をしてやってくださいよ、最後なんだから」

庄兵衛が言う。

「ああ、そうか……」

善太郎が軽く手を打ち合わせた。

「どうしたの、おまえさん」

おそめが問う。

「ちょいと思いついたことがあってね」

善太郎はふと浮かんだ思いつきを女房に告げた。

「ああ、なるほどね」

そのあらましを聞くなり、おそめは腑に落ちた顔になった。

「そりゃいいかもしれない」

庄兵衛も乗り気で言う。

「甲次郎さんは器用なたちだったわねえ」

おそめが言った。

「ああ、わらべの頃から細工仕事が得意だったよ」

竹馬(ちくば)の友の善太郎が指を動かすしぐさをした。

「なら、やってもらうといいよ」

おそめが言った。

かくして、段取りが決まった。

二

「なるほど、うまいことを考えたな」

天麩羅の甲次郎が笑って言った。

「おまえさんならお手の物だろう？」

善太郎が言う。

「ああ、紙と筆があればな」

甲次郎は答えた。

「糊(のり)と鋏(はさみ)もね」

おそめが笑みを浮かべる。

「急ぐのかい？」

天麩羅の屋台のあるじが問うた。

「いや、場所が終わるまででいいよ」

と、善太郎。

「それまでに支度をするから」

おそめが言った。

「浦風部屋へ行けばなんとかなるだろうし」

善太郎がそちらのほうを指さす。

「なら、とりあえず稼いでくるよ」

甲次郎が屋台を担いだ。

「行ってらっしゃい」

おそめがいい声で送り出した。

ほどなく、風鈴蕎麦の卯之吉の屋台も出た。

なみだ通りの屋台の船は、みな滞りなく湊から出ていった。

「なら、泪寿司に寄ってから屋台を廻るかね」

善太郎が言った。

「相撲部屋のほうは？」

おそめが訊く。

「そちらはまだ急がないから」

善太郎が答えた。

「でも、余りがなくなったら困るよ」

と、おそめ。

「そうだな。では、早めに行ってこよう」

善太郎は考え直して答えた。

「お願いね」

おそめが笑みを浮かべた。

「ただ……」

善太郎は思案げに腕組みをした。

「ただ？」

おそめが先をうながす。

「もし万が一、三段目で優勝するようなことがあったら、来場所もという望みが出てくるから」

儚(はかな)い望みだと思いつつも、善太郎は言った。

「ああ、なるほど」

おそめがうなずく。

「そうなれば、嘘が真(まこと)になるかもしれないよ」

善太郎は笑みを浮かべた。

「そうなったらいいわねえ」

おそめがしみじみと言った。

三

泪寿司に立ち寄ると、信州から来た兄弟の姿があった。

「おや、こちらに来てくれてたのかい」

善太郎が声をかけた。

「ああ、屋台の元締めさん」

「旅籠で食う寿司を見繕って、経木(きょうぎ)に詰めてもらってるんです」

幸ノ花の兄と弟が言った。

「そうかい。ここはせがれの見世でね」

善太郎が身ぶりをまじえた。

「お世話になってます。花板は寿一さんですけど」

小太郎は古参の寿司職人のほうを手で示した。

「何が花板だよ」

奥で寿司を握っていた寿一が渋く笑った。

足が悪いから、座って飯台の前に陣取り、鍛えの入った腕を披露している。

「与兵衛鮨にも引けを取らないうまさだから」

善太郎が笑みを浮かべた。

「ことに玉子がうまいって聞いたんで」

仁吉が言う。

「ああ、絶品だよ」

善太郎は太鼓判を捺した。

「魚のだしも入ってますから」

小太郎が如才なく言った。

「そうそう、部屋で訊いたら、明日は兄ちゃんの取組があるそうで」

吉三が告げた。

「そうかい。なら、おでんの庄兵衛と一緒に行くか」

善太郎は乗り気で言った。

「ぜひ来てくだせえ」

「気を入れて応援しますんで」

幸ノ花の兄弟の声がそろった。

「そちらは毎日、部屋へ顔出すつもりかい？」

善太郎が問うた。

「すぐ近くの旅籠を紹介してもらったんで」

仁吉が答えた。

「兄ちゃんの取組があるかどうか、部屋へ行かないと分からねえし」

吉三も言う。

関取は晴天十日の一場所で十番の相撲を取るが、下のほうはその半分だ。まずは勝った者同士、負けた者同士が組み合わされて、相星（あいぼし）の取組で競っていく。場所によって違うし、昨年の二月場所のように不入りで途中で打ち切りになったりすることもあるが、取的（とりてき）はおおむね五番だ。三つ勝って勝ち越せば番付が上がる。

「力士さんの身内かい？」

寿司と惣菜を買いに来た長屋の女房がたずねた。

「へい。幸ノ花の兄弟で」

「もうちょっとで関取まで行ったんだけど」

木曽の藪原から来た兄弟が答えた。

「勝つといいわね」

女房が笑みを浮かべた。

「五つ全部勝ったら、また関取が見えるとこまで戻れるんで」

仁吉が言った。

「三段目で優勝だな、兄ちゃん」

吉三が笑みを浮かべる。

「そうなるといいな」

なみだ通りの屋台の元締めは、心から言った。

四

翌日は気持ちのいい晴天になった。

てんつくてんつく、てんてんてれつく……


調子のいい触れ太鼓が本所の町に響く。

いよいよ回向院の相撲興行だ。

「なら、行ってくる」

善太郎はおそめに言った。

「二人分、応援してきて」

おそめが告げた。

「どっちの応援だい」

善太郎が訊いた。

「そりゃ、幸ノ花さんだよ。わたしのひいきの福ノ花はお関取だから、こんな早くから出ないし」

　おそめは答えた。

「分かった。気張って応援してくるよ」

　善太郎は右手を挙げた。

　そこへ、庄兵衛と卯之吉が連れ立ってやってきた。

「おや、卯之さんも行くのかい」

　おそめが声をかけた。

「庄兵衛に誘われたんでね」

　風鈴蕎麦の屋台のあるじが笑みを浮かべた。

「多いほうが力になるだろう」

　庄兵衛は突っ張りのしぐさを見せた。

　天麩羅の甲次郎はわりかた宵っ張りだから、まだ寝ている。泪寿司の小太郎は仕入れがあるため相撲見物には行けない。なみだ通り勢は三人で回向院へ向かうことになった。

　関取が登場する本場所の入りも駱駝に圧されてどうかと案じられているくらいだ。朝の下のほうの取的たちの取組を見物する客は寥々たるものだった。熱心な好角家やほかに行くところのない隠居などを除けば、あとは力士や相撲部屋の身内ばかりだ。

「駱駝とはだいぶ違うな」

卯之吉が苦笑いを浮かべた。

「そりゃ、相撲は取るけれど、出てるのはただの人だから」

庄兵衛が笑う。

「桁外れ(けたはず)の巨人力士や童(わらべ)力士などなら、見世物みたいなものだから入りが違うがね」

善太郎が言った。

なかには相撲はからっきし駄目だが、図体(ずうたい)だけが大きくて人目を引く力士もいた。そういった見掛け倒しの力士は、土俵入りだけ披露するのが常だ。なるほど、見世物みたいなもので、駱駝とあまり変わりない。

そのうち、下のほうの取組が始まった。

「ご苦労さんで」

「兄ちゃんの応援に来ました」

幸ノ花の兄弟が善太郎たちを見つけて近づいてきた。

「おお、ご苦労さま。なら、同じところで」

善太郎が身ぶりで示した。

「弁当もつくってきたんで」

庄兵衛が包みをかざした。

そのうち、浦風親方の姿が目に留まった。

「親方」

善太郎が声をかけた。

親方は厳しい顔つきで、右手を挙げて応えた。

番数が取り進み、いよいよ幸ノ花の出番になった。

「よっ、幸ノ花」

仁吉が掛け声を発した。

「兄ちゃん、気張れ」

吉三も続く。

「気の入った顔をしてるじゃねえか」

卯之吉が頼もしそうに言った。

「今場所の一番相撲だからな。頼むぞ」

庄兵衛が両手を組み合わせる。

「幸ノ花！」

善太郎も四股名を呼んだ。

五

ふっ、と一つ、幸ノ花は息をついた。

相手はまだ入門して間がない二十歳前の力士だ。ただし、体ががっしりしており、力はありそうだった。

「幸ノ花！」

声援が飛ぶ。

その声はたしかに耳に届いていた。

木曽の藪原から出てきた兄弟も、なみだ通りの人たちもいる。朝から応援に来てくれていることはよく分かっていた。

幸ノ花は慎重に四股を踏んだ。

左に続いて、右足を土俵に下ろした。

「やっぱり右ひざが悪いんだな」

仁吉が小声で言った。

「そっと下ろしてるから」

吉三は気づかわしげな顔つきだ。

「蹲踞のときに右ひざを立ててるからなあ」

庄兵衛が指さす。

「ちゃんと曲がらねえんだ」

と、卯之吉。

「よし、気張っていけ」

善太郎が言った。

「幸ノ花!」

兄がひときわ大きな声を発した。


よしっ!

幸ノ花は締め込みをぽんと一つ手でたたいた。

前へ出ろ。引っ張りこんで下がるな。

親方からはそう言われている。

まずは、この一番だ。

三段目で優勝すれば、まだ相撲を続けられる。
望みはある。
行くぞ。
幸ノ花はまた締め込みをたたいた。
「待ったなし」
行司が声をかけた。
軍配が返った。
幸ノ花は前へ出た。
ふところに入ろうとする相手を突き放し、一気に土俵の外へ押し出そうとする。
「よし、行けっ」
「押し出せ」
声援が高くなった。
だが……。
勝負を決めようとした幸ノ花の右手を、相手の力士は巧みにたぐった。
体勢が崩れた。
かつての幸ノ花なら、苦もなく残せただろう。

しかし、痛めた右ひざで踏ん張ることはできなかった。

幸ノ花は、土俵にばったりと両手をついた。

六

その晩──。

甲次郎の天麩羅の屋台の前に、いくたりもの人影があった。

そのうちの二人は髷を結っていた。

一人は幸ノ花、もう一人は同じ部屋の誉力だった。

「二番相撲から気張りゃいいさ」

誉力がそう言って、竹輪(ちくわ)の天麩羅をほおばった。

「そうだよ。今日はすかされただけだから」

弟の吉三が言う。

「前へ出て負けたんだから仕方がないさ」

兄の仁吉もかばった。

「ちょっと硬くなったしな。三段目で優勝するには一番も負けられねえと、柄にもなく思ったし」

幸ノ花は苦笑いを浮かべて、甘藷の串を口に運んだ。

「優勝は無理だな、お互いに」

誉力が笑う。

はあ、と一つ、幸ノ花がため息をついた。

儚い望みは、早くも一番相撲でついえてしまった。ため息もつきたくなる。

ここで提灯の灯りが近づいてきた。

姿を現わしたのは善太郎だった。

「もらってきたよ、甲次郎」

善太郎は手にしたものを軽くかざした。

「何だ、番付ですかい？」

それを見て、誉力が少し不審げな顔つきになった。

「ちょいと部屋へ寄ってね」

善太郎はそう答えると、甲次郎のほうを見た。

「長屋へ置いとこうか」

番付は一枚だけではなかった。何枚もある。

「ああ、そうしといてくれ」

天麩羅の屋台のあるじは答えた。

「どこかへ配るんですかい？」

仁吉がたずねた。

「まあ、ちょっとね」

善太郎は笑ってあいまいな返事をした。

「なら、暇なときにやっとくよ」

甲次郎が言った。

「ああ、頼むよ」

幼なじみに向かって、善太郎は言った。


なみだ通りの人情家主が戻ったあと、浦風部屋の二人の力士と幸ノ花の兄弟はいま少し残って天麩羅を食した。

酒も呑んだ。

「終わるまで江戸にいるのかい」

誉力が仁吉にたずねた。

「ええ、せっかくなんで」

幸ノ花の兄が答える。

「次は兄ちゃんが勝つところを見ないと」

吉三が笑みを浮かべた。

「いいとこ見せねえとな」

誉力が言った。

「ああ」

幸ノ花は短く答えた。

「おめえがまだ戻ってねえとき、ひいきの娘が部屋に訊きに来たそうだ。『幸ノ花さんは勝ちましたか』って」

誉力が明かした。

「すまねえこった……」

幸ノ花は肩を落として酒を苦そうに啜った。

「娘さんも肩を落としてたそうだ」

誉力は伝えた。

「ありがてえことだな」

甲次郎が言った。

「次は勝たねえと」

幸ノ花はそう言うと、残りの酒をくいと呑み干した。

七

二番相撲は三日目に組まれた。

一敗同士の取組だ。

「相手は四つ相撲だから、取りやすいだろう」

今日も応援の庄兵衛が言った。

「右の上手さえ取ればな」

善太郎が身ぶりをまじえた。

「勝てそうな気がするぞ」

卯之吉が祈るように言った。

早くも立ち合いになった。

「気張れ、兄ちゃん」

吉三が叫ぶ。

「行け、幸吉」

仁吉は本名で呼んだ。

兄弟の声援を受け、幸ノ花は力強く踏みこんだ。

がしっと得意の右上手を引く。

「よしっ」

庄兵衛が思わず声を発した。

幸ノ花は上手をしっかりと引きつけた。

「休むな、幸(さち)」

声が飛んだ。

愛弟子(まなでし)の取組を見守っていた浦風親方だ。

その声に応えるように、幸ノ花は前に出た。

左の下手(したて)も引き、両まわしをしっかりと引きつけて寄る。

相手は懸命に残そうとした。必死の粘りだ。

幸ノ花はなおも寄った。敵のうっちゃりをしのぎ、体(たい)を預けると、相手は重ね餅になってあお向けに倒れた。

「やった」

「勝ったぞ」

歓声がわく。

「勝った勝った、兄ちゃんが勝った」

弟が声をあげた。

「ああ、やっと勝ってくれた」

兄は安堵の表情で言った。

「よし、ここからだ」

善太郎がうなずく。

「この調子で勝ち越しだ」

庄兵衛の声に力がこもった。

八

会心の相撲で片目を開けた幸ノ花だが、そのまま波に乗るというわけにはいかなかった。

五日目に組まれた三番相撲の相手は押し相撲だった。

かねてから押し相撲には分が悪かった。ことに、下からもちゃもちゃとハズにかかって押してくる力士が苦手で、肩ごしの上手を狙っているうちに押しこまれたりすることがしばしばあった。

「立ち合いの踏み込みが肝心だな」

庄兵衛が言った。

「下から、がっとかちあげれば」

仁吉が身ぶりをまじえた。

「いきなり上手を取りにいったりしたら駄目だな」

善太郎が言った。

一勝一敗同士の大事な一番が立ち合いになった。

「行けっ」

「幸ノ花」

声援が飛ぶなか、両力士がぶつかった。

幸ノ花の右手が伸びる。

上手に手がかかった。

だが……。

敵もさるもの、下からあてがって切ってしまった。

続いて、ハズにかかって押す。

幸ノ花は防戦一方になった。

「粘れ」

「こらえろ」

声が飛ぶ。

しかし……。

悪いひざをなだめて粘ったものの、幸ノ花は土俵を割ってしまった。

「あーあ」

「負けちまったな」

兄弟の落胆の声が響いた。

「幕下の上のほうにいたころでも、ああいう力士は苦手だったからな」

庄兵衛が残念そうに言った。

「下から下から、来られたからね」

善太郎が身ぶりをまじえた。

「しょうがない。次だ」

気を取り直すように、仁吉が言った。

「まだあと二番あるから」

吉三も言う。

これで一勝二敗。

勝ち越すにはあとがなくなった。

九

その晩――。

幸ノ花とその兄弟の姿は、風鈴蕎麦の屋台の前にあった。

庄兵衛のおでんと甲次郎の天麩羅を入れた蕎麦を啜りながら話をする。

「明日は取組かい？」

卯之吉がたずねた。

「へえ。負けたら負け越しで」

幸ノ花が答えた。

「どんな相手だい」

弟が訊く。

「向こうは元関取でな。かつては力があったんだが、歳を取って下がってきた」

「いくつくらいだい」

今度は兄がたずねた。

「もう四十くらいじゃないかな」

幸ノ花は軽く首をひねった。

「相撲取りもいろいろだね」

風鈴蕎麦のあるじが言った。

「さすがに、そんな歳までは」

「ちっ、降ってきやがったな」

幸ノ花はそう言って箸を動かした。

卯之吉が空を見上げて舌打ちをした。

「なら、急いで食うんで」

「そうしよう」

客は競うように箸を動かしだした。

「このまま大雨になったら、明日の相撲はねえな」

幸ノ花が言った。

「長雨にならなきゃいいが」

帰り支度をしながら、風鈴蕎麦の屋台のあるじが言った。

十

あいにく雨は降りつづいた。

晴天十日の開催の相撲興行は、短縮を余儀なくされた。下のほうの取的は五番取るはずだったのだが、一番減って四番になった。

「しょうがねえよ、兄ちゃん」

相模屋の座敷で、吉三が言った。

幸ノ花はここまで一勝二敗だ。もう勝ち越すことはできない。

「明日は晴れそうだから、もう一番、悔いが残らないように取りな」

仁吉も言う。

「そうだな」

幸ノ花は短く答えて、湯呑みの酒を呑んだ。

「またみなで応援に行くよ」

善太郎が笑みを浮かべた。

「へえ、ありがてえこって」

幸ノ花は頭を下げた。

最後の場所だから、せめて勝ち越したかったがやむをえない。かくなるうえは、最後の一番に力を出して花道を飾りたかった。

「割りは変わるのかい？」

屋台が休みの甲次郎がたずねた。

「いや、雨で延び延びになったままで」

幸ノ花は答えた。

「相手は元関取だ。のちに大関になる力士にも若い頃に勝ったことがある。締めの一番にはうってつけだよ」

庄兵衛が言った。

「関取になれなかったわっしの、最後の一番の相手が元関取ってのは、何かの因縁でしょう」

幸ノ花は感慨深げに言った。

「最後の一番って、ほんとに相撲をやめるんですか？」

おかみのおせいがたずねた。

「もうひざが駄目なもんでね」

幸ノ花は寂しそうに答えた。

「で、一緒に帰るんですかい？」

今度はあるじの大吉が問うた。

「おれらはいいぞ、帰っても」

兄が言った。

「一緒に田畑を耕せばいいや」

弟も言う。

「いや」

幸ノ花は首を横に振ってから続けた。

「それじゃ、江戸へ出てきた甲斐(かい)がねえ。わっしは江戸で関取になって……いや、それはもうあきらめたが、出てきた甲斐があったと思えるようなことをして、それで得心がいったら帰りてえ」

あと一番で相撲をやめようとしている男が言った。

「そうかい……みんな待ってるからよ」

兄が笑みを浮かべた。

「おとっつぁんとおっかさんは心配ねえ。おれらが見てるから」

弟が和す。

「田畑もな。何も心配はいらねえ。おめえの気の済むまで江戸でやればいい」

仁吉が情のこもった声をかけた。

「すまねえ」

幸ノ花は頭を下げた。

「相撲のほかに、何かやりたいことはあるかい。まだ一番残ってるけれど」

善太郎が問うた。

「何か……江戸の人のためになることを」

幸ノ花はいくらか思案してから答えた。

「おれらの屋台だって、江戸の人のためにはなってるよ」

庄兵衛が言った。

「そうそう。みな喜んでくれるから」

卯之吉も言う。

「屋台だったら、寿司の寿一さんが泪寿司に詰めるようになって、一つ空きがあるからね。いくらでも按配するよ」

善太郎が温顔（おんがん）を向けた。

「寿司の屋台ですかい？」

少し及び腰で、幸ノ花がたずねた。

「寿司じゃなくてもいいよ。いまある蕎麦や天麩羅やおでんの屋台は食い合いになるから駄目だが」

なみだ通りの屋台の元締めが答えた。

「甘いものがいい」

相模屋の娘のおこまがだしぬけに言った。

「あんたは黙っていなさい」

おせいがすかさず言った。

猫のつくばをひざに載せた娘は、ちょっと唇を突き出して黙った。

「まあ、あと一番取ってからだね」

善太郎は言った。

「へい」

幸ノ花が答えた。

「なら、これ食って、気張ってください」

大吉が名物の握り茶漬けを出した。

焼き握りが三つも入っている。

「いいんですかい？」

と、幸ノ花。

「わたしのおごりだから」

人情家主が言った。

「ありがてえこって」

手刀を切って丼を受け取ると、力士はさっそく箸を動かしだした。

十一

久々の晴天になった。

なみだ通りの面々は、朝から回向院に向かった。

そのうち、木曽の藪原宿から来た兄弟も加わった。

今日は幸ノ花の最後の相撲だ。応援するほうも気が入っている。

「いよいよだね、兄ちゃん」

吉三が言った。

「よーく見とかないとな」

仁吉がおのれの目を指さした。

「親方が来たよ」

善太郎が言った。

客の見廻りをしていた浦風親方がゆっくりと近づいてきた。

「ご苦労さんで」

親方が先に声をかけた。

「最後なので、みなで応援にと」

善太郎が笑みを浮かべた。

「ありがたいことで。幸は果報者でさ」

親方は感慨深げに言った。

取組は進み、いよいよ幸ノ花の出番になった。

「よっ、幸ノ花」

「待ってました」

声が飛ぶ。

「幸吉、最後だ。気張っていけ」

「兄ちゃん、おいらが見てるぞ」

兄弟も懸命に言う。

幸ノ花は続けざまに締め込みを手でたたいた。その音はいつもより高かった。

相手は四十がらみの歳とはいえ、さすがに元関取の風格があった。上背があり、まわしを引いたらまだ力が出そうだ。

「待ったなし」

行司の軍配が返った。

幸ノ花は踏みこんだ。

左の相四つだ。

両者ともにさほど間を置かずに上手を引き合った。

がっぷり四つだ。

「よし、寄れ」

「行け、幸ノ花」

声が飛ぶ。

どちらも力が出る組手だった。一進一退の攻防が続いた。

浦風親方もじっと土俵を見守っている。

幸ノ花が寄り身を見せた。必死の形相(ぎょうそう)だ。

さりながら、相手にも元関取の意地があった。得意の体勢ならまだ負けられない。

土俵際でこらえ、また寄り返す。

そのうち、幸ノ花の上手が切れた。腰を振ってまわしを切るのは、さすがの技だった。

だんだんあごが上がってきた。一度切れた上手にはなかなか手がかからない。幸ノ花は苦しくなった。

「こらえろ、幸吉」

「粘れ、兄ちゃん」

兄弟も必死だ。

相手はここが勝負どころと見た。

両まわしを引きつけて寄る。

幸ノ花はたちまち土俵際に詰まった。

だが……。

追い込まれた力士は、ここで最後の力を振り絞った。
弓なりになってこらえ、左下手一本で振る。
渾身(こんしん)のうっちゃりだ。
痛めているひざにも力をこめた。鋭い痛みが走ったが、構わずに身を支えて振る。
体が割れた。
「おおっ」
歓声がわく。
幸ノ花より一瞬早く、元関取が土俵の外へ投げ飛ばされた。
「勝った、勝ったぞ」
仁吉が叫んだ。
「兄ちゃんが勝った」
吉三も声をあげる。
最後の相撲を粘り抜き、幸ノ花は逆転で勝ちを収めた。
しかし……。
勝ち名乗りを受けることはできなかった。
すべての力を出し尽くし、土俵下に転落した幸ノ花は、右ひざを手で押さえてうずくまっていた。

そこへ浦風親方が近づいていった。

黙って肩を貸す。

幸ノ花は左足だけで身を支え、親方の肩に手を回した。

「よく気張った、幸」

親方は言った。

幸ノ花はうなずいた。

傷ついてしまった弟子を、小柄な師匠が支えてゆっくりと歩く。

どちらも、もう言葉にならなかった。

男の涙を流していた。

「幸ノ花！」

いくらかかすれた声で、兄が叫んだ。

「いい取組だった」

善太郎がうなずく。

その目も真っ赤になっていた。

第五章　第二の人生

一

幸ノ花の断髪式は、場所後に浦風部屋で行われた。

最後の一番ですべての力を出し尽くし、また右ひざを痛めてしまった幸ノ花だが、骨まで折れていなかったのは不幸中の幸いだった。杖を使えば、どうにかゆっくり歩くことはできた。

幸ノ花が髷を落とすまで、信州から来た兄弟も付き合うことになった。今日はいよいよその日だ。

断髪式とはいえ、関取ではなく取的のものだ。ごく内輪だけのささやかな集まりになった。

そのなかに、なみだ通りの人々の顔もあった。

屋台の元締めの善太郎に加えて、相撲通の庄兵衛、それに、天麩羅の甲次郎も顔を見せていた。

幸ノ花は紋付き袴（はかま）に威儀を正し、土俵の真ん中に据えられた酒樽の上に腰を下ろしていた。

「いよいよだな、兄ちゃん」

吉三が小声で言った。

「力士姿も見納めだ」

長兄の仁吉が感慨深げに言った。

「今日はもう発（た）つのかい？」

善太郎がたずねた。

「長々と江戸にもいられねえんで」

仁吉は答えた。

「兄ちゃんにあいさつしたら、支度して発とうかと」

吉三も言う。

「なら、やぶ重で蕎麦をたぐってからでどうだい。餞別がわりに渡したいものもあるんでね」

　ちらりと甲次郎の顔も見てから、善太郎は言った。

「ああ、いいですよ」

「江戸の蕎麦の食い納めで」

　信州の兄弟はすぐさま請け合った。

　時が来た。

　浦風親方が姿を現わした。こちらも紋付き袴姿だ。

「本日は弟子の幸ノ花の断髪式にお越しいただき、ありがたく存じました」

　親方はていねいに一礼した。

「信州は木曽の藪原宿より、関取を目指して稽古に励んできた幸ノ花ですが、今日をかぎりに土俵を去ることになりました。最初で最後の大銀杏に、それぞれ鋏を入れていただければ幸いです」

　浦風親方は幸ノ花のほうを手で示した。

　粋な計らいで、やめていく力士は最後に大銀杏を結った。ゆかりの部屋から床山が来て、大関が結うような立派な髷に仕上げてくれた。

「よく似合うぜ」

仁吉がぽつりと言った。

「たった一日だけだがよ」

吉三が瞬きをした。

甚句が始まった。

幸ノ花の断髪式だけのために、甚句の名手の呼出しが思案したものだ。

「では、お一人ずつ髷に鋏を入れ、声をかけてやってくださいまし」

親方が言った。

郷士は信州　藪原宿
幼き頃より　怪力で
その名とどろく　幸吉は……

張りのある声が響くなか、一人ずつ髷に鋏を入れていく。しめやかな断髪式につき、甚句に合いの手は入らない。

部屋に関わりのある者たちに続いて、なみだ通りの面々の番になった。

「おれは大したことをしてねえから」

甲次郎が声を落として言った。

「元締めが一人で」

庄兵衛も譲る。

「分かったよ」

善太郎が立ち上がった。

末は関取　三役と
望み高まる　相撲っぷり
いよいよ幕下上位へと
番付上げし　その場所で……

「なみだ通りの総代で」

親方に向かって告げると、善太郎は白木(しらき)の三方(さんぽう)の上に置かれた鋏を手に取った。

「長いあいだ、お疲れさんだったね」

善太郎は幸ノ花の労をねぎらった。

「これから、うちで気張っておくれ」

人情家主はそう言うと、髷に少し鋏を入れ、幸ノ花の肩をぽんとたたいた。

「どうぞよろしゅうお頼み申します」

幸ノ花はのどの奥から絞り出すように言った。

相撲部屋を出たら、住むところがなくなってしまう。善太郎の長屋に空き部屋があるから、ひとまずそこへ移り、そのうち何かの屋台を出す修業に入るという段取りになっていた。

力士人生は今日で終わるが、そこから第二の人生が始まる。

甚句は続く。

勝てば関取　大一番
負けるものかと　踏ん張りし
ひざは無情の　大怪我よ……

「そうだったな」

部屋のひいき筋が言う。

「あと一番だったのによ」

「そもそも、番付運がなかった。長いこと相撲を見てきたけれど、こんなに運のない力士は珍しいほどだったよ」

「怪我さえなきゃ、幕内の上のほうまで行ってただろうに」

「惜しい相撲取りだったな」

ほうぼうから惜しむ声があがった。

ともに稽古をした仲間の力士が一人ずつ鋏を入れていく。

「お疲れさん。たまには部屋へ来てくれ」

誉力が背中をぽんとたたいた。

「わっしの分まで、気張ってくんな」

幸ノ花は答えた。

「おう。やるだけやるさ」

誉力は笑顔を見せた。

「長いあいだ、お疲れさんでした」

今度は浦嵐だ。

「来場所から、関取で気張ってくんな」

幸ノ花は言った。

幕下上位で場所を迎えた部屋頭の浦嵐は、見事四戦全勝で優勝同点となった。来場所は晴れて関取だ。

「気張ってやりまさ」

浦嵐は気の入った返事をした。

いつか必ず　番付上げて
関取の夢　叶えんと
奮闘すれど　夢破れ
いまぞ髷切る　悲しさよ……

甚句の文句を聞いて、幸ノ花の目尻からほおにかけて、水ならざるものが続けざまに伝っていった。

「では、ご兄弟に」

浦風親方がうながした。

「へい」

仁吉が立ち上がる。

吉三も続いた。

されど四股名は　幸ノ花
必ず咲くぞ　幸いの
花の人生　始まりよ……

「お疲れだったな。よく気張った」

兄がそう言いながら鋏を入れた。

「おいら、兄ちゃんの最後の相撲、これからもずっと忘れねえよ」

弟も泣きながら続く。

「ありがとよ……来てくれて、ありがとよ」

幸ノ花は兄弟に答えた。

断髪式も締めくくりに入った。

「では、僭越（せんえつ）ながら、止め鋏を入れさせていただきます」

浦風親方がそう言うと、土俵の中央へ進み出た。

幸ノ花に向かって一礼し、後ろに回って鋏を動かす。

ほかの列席者は申し訳程度に切るだけだが、親方は違った。相撲人生で一度だけ結った大銀杏を切り落とす。

言葉はなかった。

切り離した髷を列席者に向かってかざすと、幸ノ花のこれまでの労をねぎらい、ぽんと一つ背をたたいた。

そのしぐさに、万感の思いがこもっていた。

「ひと言、礼を言え」

親方は髷を切ったばかりの弟子に言った。

「へい」

杖を頼りに、幸ノ花はゆっくりと立ち上がった。

「わっしは、果報者で……」

そう切り出したところで、早くも言葉に詰まった。

「髷を切ったあとの人生のほうがよほど長い。達者で暮らせ」

親方が情のこもった声をかける。

「へい……ありがたく存じました」

幸ノ花は深々と頭を下げた。

二

断髪式は終わった。散切り頭では見場が悪いので、床山に素早く町人風の髷にしてもらった。おかげでずいぶんとさっぱりした。

こうして浦風部屋を出た幸ノ花は、なみだ通りの面々と信州の兄弟とともにやぶ重へ向かった。

部屋にあった身の回りの物は、小ぶりの荷車に入れてきた。これは兄弟が引いて長屋へ運び入れる。荷車はあとで部屋へ返せばいい。

幸ノ花の歩みはゆっくりしていた。痛めたひざに重みをかけないように、慎重に歩を進めていく。

「やれやれ、やっと着いた」

幸ノ花が言った。

「長屋まで荷車に乗っていくわけにもいかないからね」

善太郎が笑みを浮かべる。

「わっしは目方があるから」

幸ノ花は苦笑いを浮かべた。

「いらっしゃいまし」

やぶ重のおかみが出迎えた。

すでに約は入れてある。座敷は貸し切りになっていた。

「さっぱりしましたね」

あるじの重蔵が頭に手をやった。

「頭が軽くて妙な具合でさ」

幸ノ花は答えた。

まずは座敷に上がり、刺身と天麩羅を肴に軽く呑むことになった。

「そう言えば、もう幸ノ花じゃないんだね」

庄兵衛がふと気づいたように言った。

「幸吉さんと呼ばなきゃ」

善太郎が言う。

「へい、これからはただの幸吉で」

薄紙一枚はがれたような顔つきで、もと幸ノ花は言った。

酒と肴が来た。

「さて、ここで例のものを」

ひとわたり酒が巡り、幸吉と兄弟が箸を動かしだしたところで、善太郎が甲次郎に言った。

「おれはこのために来たようなものだからな」

天麩羅の屋台のあるじが持参した風呂敷包みを解いた。

「餞別がわりに、故郷へ持って帰っておくれ」

善太郎が兄弟に言った。

「こりゃあ、番付ですね」

仁吉がいくらかいぶかしげな顔つきになった。

「これがどうして餞別になるんです？」

吉三が問う。

「おまえさんらのご両親は、幸ノ花が関取になって江戸で活躍していると思っているはずだ」

善太郎は言った。

「わっしが嘘をついたばっかりに」

幸吉がうなだれる。

「その嘘を真にしようと思ってね」

人情家主はそう言うと、番付のあるところを指さした。

前頭の五枚目だ。

そこには、力士の名がこう記されていた。

幸ノ花

「こ、これは……」

もと幸ノ花の幸吉が目をむいた。

「兄ちゃんの名だ」

「どうしてこんな刷り物が」

兄弟も驚いたように言う。

「そこには、福ノ花の名が載っていたんだ。女房のひいき力士でね」

善太郎が言った。

「その『福』を『幸』に替えたわけだよ」

庄兵衛が笑みを浮かべた。

「甲次郎は手先が器用だから、切り貼りをしてうまく替えてくれるだろうと思ったら案の定だった」

善太郎は竹馬の友のほうを見た。

「十枚もつくるのは骨が折れたがな」

天麩羅の屋台のあるじが言った。

「きれいにつくってあるんで、指でこすっても剝がれないから」

善太郎は言った。

「なら、故郷のおとっつぁんとおっかさんにこれを？」

仁吉が問うた。

「ああ、こうして関取で気張っていると思ったら安心するだろう」

善太郎は答えた。

「ただ、また嘘をつくことに……」

幸吉はいくらかあいまいな顔つきだった。

「嘘も方便だよ」

善太郎はすぐさま言った。

「そうそう。おまえさんは優に関取になれたんだ。番付運に恵まれなかったうえ、肝心なところで大怪我をしてしまった。あれさえなけりゃ、このへんにまで上がってただろう。嘘じゃねえさ」

庄兵衛が熱をこめて言った。

「これを見たら、みな喜ぶよ」

吉三が番付を見て言う。

「十枚あるから、配ってくんな」

甲次郎が言った。

「最後の最後に、関取になったんだよ。そう思いな」

善太郎は情のこもった声をかけた。

「すまねえこって。ほんとは取的のまま終わったのに」

幸吉は頭を下げた。

「最後の一番は、元関取に勝ったじゃないか。若い頃はのちの大関にも勝った力士だ。それに勝ったんだから、関取で何もおかしくはないよ。嘘も方便の番付をつくったって罰は当たるめえ」

庄兵衛の声に力がこもった。

「ありがてえ」

幸吉は重ねて頭を下げた。

蕎麦が来た。

香りは信州の蕎麦に劣るが、のど越しのいい江戸の切り蕎麦だ。

「おう、食いな」

善太郎が身ぶりで示した。

「へえ」

幸吉はやっと箸を取った。

そして、大きな音を立てて蕎麦を啜りだした。

三

別れの時が来た。

杖を使いながら、なみだ通りを一歩一歩進んできた幸吉は、ようやく善太郎の長屋に着いた。

兄弟が身の回りの品の運び入れを手伝うと、いよいよ別れになった。

「今夜はどこに泊まるんだい」

善太郎が訊いた。

「そろそろ日が暮れそうなんで、橋を渡って横山町か馬喰町で旅籠を探します」

「明日、朝早く発ったほうがいいんで」

信州の兄弟が答えた。

ここでおそめがあわただしく包みを持ってきた。

「泪寿司から折詰をもらってきたんで、夕餉にして。惣菜も見繕って経木に入れてあるから」

おそめはそう言って包みを渡した。

「そりゃ、ありがてえこって」

「何から何まで」

兄弟が頭を下げて受け取った。

「なら、おとっつぁんとおっかさんを頼むぞ」

幸吉が言った。

「おまえも、体に気をつけてな」

仁吉が言った。

「ああ」

幸吉はうなずいた。

「番付を見せて自慢するからよ」

吉三は笑みを浮かべた。

「右のひざを痛めてるから、そんなに長くは取らねえって言っといてくれ。相撲をやめたら、江戸の知り合いを頼ってやっていくから案じないでくれと」

幸吉はちらりと善太郎の顔を見て言った。

「分かったよ」

弟がうなずく。

「それから、江戸でもうひと旗揚げて、里心がついたら、いつか帰るからって、おとっつぁんとおっかさんによく言っといてくれ」

幸吉は心をこめて言った。

「伝えとくぜ。藪原で待ってるからな」

兄は答えた。

「いずれ、孫をつれて帰ったりすることになるだろうよ」

善太郎が言った。

「そりゃいいな」

庄兵衛がすぐさま和す。

「なら、気をつけて」

何かを思い切るように、幸吉が右手を挙げた。

「おまえもな」

「兄ちゃんも、達者で」

信州から来た兄弟が去っていく。

その姿が見えなくなるまで、幸吉はじっと見送っていた。

四

ばしん、ばしん……。

いい音が響いていた。

翌日の長屋だ。

「おや、お餅かい？」

通りかかったおそめがたずねた。

「いや、うどんを打とうかと」

もと幸ノ花の幸吉が答えた。

「ああ、いいわね。部屋でも打ってたの？」

おそめが訊く。

「お相撲さんは力があるから」

井戸で洗い物をしていた女房衆の一人が言った。

「切るのはちいと不揃いだけど、こしはありまさ」

なおもうどん玉を木鉢にたたきつけながら、幸吉が答えた。

「つゆはどうするの？」

おそめがなおもたずねた。

「だしと醬油で。だし取りも部屋で教わったんで」

幸吉は答えた。

「だったら、長屋のみなにふるまったら？　葱や油揚げはあるから」

おそめが水を向けた。

「そうですかい。なら、やってみまさ」

幸吉は乗り気で言った。

うどん玉はしばらく寝かせ、麺棒でのして切る。幸吉に備えはなかったが、屋台衆と小太郎が駆けずり回って探してきた。これで支度は整った。

鰹節を削り、昆布と煮干しも加えてだしを取る。部屋でやっていただけあって、なかなかに風味豊かなだしが取れた。

「見てくれはあんまり良くねえんですが、わっしが打ったうどんで」

ねじり鉢巻きをした幸吉が長屋の衆に一人ずつふるまっていった。

「あいさつがわりのうどんだね」

人情家主が笑みを浮かべた。

「なら、さっそく」

「ああ、いい香りね」

女房衆が箸を取った。

「おお、なかなかこしがあるな」

庄兵衛が食すなり言った。

「もちもちしていて、うめえ」

甲次郎がうなずく。

「つゆはもうひと声だが、煮干しが勝ちすぎてねえのはいいな」

風鈴蕎麦の卯之吉が言った。

「そりゃ、卯之さんは本業だから」

おそめが言う。

「うまいけれど、うどんの屋台だと蕎麦と重なってしまうね」

賞味しながら、善太郎が言った。

「いや、うどんじゃなきゃってわけじゃねえんで。わっしが部屋でやってたのはこれくらいなんで」

幸吉が言った。

「つゆはやっぱり卯之吉の番付のほうが上だな」

甲次郎が言った。

「ありがてえ」

風鈴蕎麦のあるじが頭を下げた。

「うちにはもう大きな鍋は入れられないし」

小太郎が首をひねる。

「泪寿司でうどんも出すのかい」

おそめが問うた。

「ふと思いついただけだけど」

と、小太郎。

「わっしが入ると狭くなるんで」

幸吉が軽く首をすくめる。

「そうだね。場所を取るのは大鍋だけじゃない」

善太郎が笑みを浮かべた。

「たまにこうして長屋でふるまうだけにしときまさ」

幸吉は言った。

「でも、これだけこしのあるうどんなんだから惜しいよ」

「そうそう。なかなか食べられない味だから」

女房衆から声が飛んだ。

「うどんじゃなくて、餅とか団子とかはどう?」

小太郎が言った。

「ああ、そうね。わたしも初めはお餅をついてるのかと思ったくらいで」

おそめがすぐさま言う。

「餅か団子なら、ほかの屋台と重ならないし、小回りも利くよ」

庄兵衛が言った。

「どうだい、そっちのほうで」

うどんを食べ終えてから、善太郎が訊いた。

「やらせてもらえるのなら、何だってやりまさ。ただし、もうちっとひざが良くなってからら」

まだ杖に頼っている幸吉が答えた。

「そりゃ養生がいちばんだよ」

「いままで相撲で気張ってきたんだから」

「湯屋にでも通って、ゆっくり休みなよ」

女房衆からあたたかい声が飛んだ。

「へえ。ありがてえこって」

大男が頭を下げる。

「なら、橋向こうの団子屋をいくつか知ってるから、買ってきてやるよ。まずは舌だめしだ」

庄兵衛が言った。

「あちらの人から見たら、こっちのほうが橋向こうだがね」

おそめが笑う。

「本所の回向院の先なんだから、場末もいいところだよ、なみだ通りは」

卯之吉が言う。

「まあ、それはそれとして、団子か餅だな」

善太郎が話を戻した。

「団子だったら、おいらも仕入れの途中で買ってくるよ」

小太郎も名乗りを挙げた。

「餅より、団子のほうが食いやすいので」

幸吉がおずおずと言った。

「たしかに。急いでお餅を食べたらのどに詰まらせちゃうかもしれないしね」

おそめがうなずく。

「だったら、団子でまず舌だめしだね」

小太郎が白い歯を見せた。

「よし、決まった」

善太郎が両手を軽く打ち合わせた。

五

翌日から、長屋に折にふれて団子が持ちこまれた。

「深川の草団子ときなこ団子だよ」

小太郎が包みを渡した。

仕入れ先から少し足を延ばして買ってきた団子だ。

「ありがてえ。さっそく舌だめしを」

幸吉は手刀を切って受け取った。

「なら、お茶をいれるからね」

「わたしにもあとで一本おくれよ」

長屋の女房衆が世話を焼く。

ほどなく、庄兵衛も団子の包みを携えて戻ってきた。

「馬喰町の団子屋の焼き団子とみたらし団子だ。こりゃあうまいよ」

庄兵衛が言った。

「団子同士の競い合いだね」

小太郎が笑みを浮かべた。

「相撲みたいなもんだ」

幸吉が笑った。

「ほかには餡団子もあるけど、小豆から餡を炊くのは年季がいるらしいから」

小太郎が言った。

ここで善太郎と卯之吉も出てきた。うどんと同じく、みなで舌だめしをする構えになった。

「草団子ときなこ団子はあっさりした味だな」

庄兵衛が言った。

「すぐばたっと落ちる相撲取りみたいだ」

卯之吉が笑う。

「うん、みたらし団子がうまい」

幸吉の声に力がこもった。

「甘くない焼き団子もおいしい」

おそめが笑みを浮かべた。

茶を呑みながら、さらに舌だめしが続いた。

「買ってきたおいらが言うのも何だけど、馬喰町のほうに軍配かな」

小太郎がまず言った。

「団子の屋台をやるのは幸吉さんだから」

善太郎がやんわりと言った。

一串一串、一玉一玉、幸吉はじっくりと味わいながら食していった。

「どうだい、どっちに軍配だい」

卯之吉が問うた。

いくらか思案してから、もと幸ノ花はあるほうへ軍配を上げるしぐさをした。

それは、馬喰町の団子のほうだった。

六

いくらか経ったある日――。

幸吉は昼過ぎに長屋を出た。

「ひざは大丈夫かい」

善太郎が気づかう。

「へえ。橋がちょいと難儀かもしれませんが、休み休み行きますんで」

幸吉は答えた。

舌だめしをして気に入った馬喰町の団子屋まで、これから足を運ぶところだ。団子は気に入ったが、つくるところやあきないをするところは見ていない。まさかいきなり弟子にしてくれと押しかけるわけにもいくまいが、二度三度と通って顔を覚えてもらったら、機を見て団子づくりを教わりたいと切り出すこともできるだろう。

「あんまり無理しないで」

おそめが気づかう。

「ちょっとずつ動かさないと、良くならないんで」

幸吉は答えた。

「なら、橋の下りなどで転ばないように」

善太郎が言った。

「へえ、気をつけて行ってきます」

もと幸ノ花は笑みを浮かべた。

びやーぼん、びやーぼん……。

わらべが二人、競うように音を立てている。

先月あたりから江戸じゅうで流行るようになった琵琶笛（びやぼん）だ。面妖な形の鉄の笛を口に当てて声を発すると、音が拡がって妙な音色になる。

その音を聞きながら歩を進めていると、向こうから二人の娘が歩いてきた。

習い事の帰りとおぼしい二人の娘には見憶（みおぼ）えがあった。浦風部屋の稽古をよく見に来てくれていたからだ。

娘たちも気づいた。幸吉の姿は遠くからでも目立つ。

「おさちちゃん、ほら」

片方の娘が言った。

その声は、幸吉の耳にも届いた。

熱心に稽古を見てくれていた片方の娘は、おさちという名らしい。

間合いが詰まった。

幸吉は足を止めた。

娘たちも止まり、軽く頭を下げる。

「あの、幸ノ花さん……」

おさちが真っ赤な顔で切り出した。

「へえ」

幸吉のほおも、そこはかとなく赤く染まった。

「浦風部屋でお聞きしました。長いあいだ、お疲れさまでした」

おさちはていねいに頭を下げた。

目がくりっとした、愛嬌のある小町娘だ。

「名前が同じ『さち』なので、ずっと前から幸ノ花さんをひいきにしてたんですよ、おさちちゃん」

もう一人の娘が身ぶりをまじえて言う。

「余計なことは言わなくていいから、おまさちゃん」

おさちは朋輩の名を呼んだ。

「ありがてえこって。ひざを悪くしちまって、髷を切ることに」

幸吉は頭に手をやった。

「その髷もお似合いです」

おさちが笑みを浮かべた。

笑うと右のほおにかわいいえくぼが浮かぶ。

「これからは、ただの幸吉で」

幸吉はわが名を告げた。

「幸吉さんですね。さち、と申します」

「まさ、です」

二人の娘が名乗った。

「これから、どちらへ？」

おさちがたずねた。

「橋向こうの団子屋へ、団子を買いに。いずれ、団子の屋台を出そうかと思って、まずは舌だめしに」

幸吉は答えた。

「わあ、お団子ですか」

「わたしたち、よく食べるんです」

娘たちの声が弾んだ。

「まだまだ先の話だけど」

幸吉は言った。

「屋台が出たら、必ず買いに行きます」

おさちがそう請け合った。

いい目の光だ。

「そのためには、気張って修業しないと。いや、そんなとこまで進んでねえんだが」

幸吉は苦笑いを浮かべた。

「一歩一歩です、幸ノ花さん……いえ、幸吉さん」

おさちは名を呼び直した。

「そうだな」

もと幸ノ花はうなずいた。

「では、また。気をつけて」

おさちのほおにえくぼが浮かんだ。

「そちらも、気をつけて」

娘たちと別れると、幸吉は先へ進んだ。

最後の一番を取った回向院を過ぎ、両国橋のほうへ向かう。

杖を突きながら、幸吉は慎重に橋を上った。

「一歩一歩か……」

さきほどのおさちの言葉を思い返しつつ歩を進めていく。

やっと上りきったところで、幸吉は足を止めた。

大川の流れを見る。
遠いところからここまで流れてきた川の水を、日の光が照らしている。
そのさまを、いくぶん目を細くして幸吉はながめた。
故郷の家や、親の顔がだしぬけに浮かぶ。
それを振り払うように、幸吉はまた歩きだした。
一歩一歩、足元をたしかめながら前へと歩いた。

第六章　団子修業

一

「今日は風が冷たいね」

両国橋を歩きながら、善太郎が言った。

「師走(しわす)なんで」

幸吉が続く。

まだ杖を手にしているが、ひと頃よりは格段に歩みは速くなった。そのうち普通に歩けるようになるだろう。

「もうじき正月だな」

人情家主が言った。

「月日の経つのは早いもんで」

もと幸ノ花が感慨をこめて言った。

「まあ、相撲に比べたら、長い修業にはならないだろうよ」

善太郎は笑みを浮かべた。

その手には包みが握られていた。中身は菓子折りだ。深川の名店まで出向いて買ってきた銘菓が入っている。

今日はこれから馬喰町の団子屋へ行く。あれから幸吉は二度、三度と買いに赴き、あるじやおかみと顔なじみになった。

重ねて食すに従い、なおのこと団子が好みになった。酒の肴にもなりそうな大人向けの焼き団子も、わらべが喜びそうな甘いみたらし団子も、どちらもたいそう美味だった。

見世の前で喜んで食す幸吉を、団子屋の夫婦はあたたかく迎えてくれた。もと力士で髷を切ったばかりだということも告げた。志半ばにしてやめざるをえなかった幸吉の境遇を、団子屋の夫婦は惜しんでくれた。

機は熟した。

今日はいよいよ「団子の修業をさせてくれ」と頼みに行くことになった。幸吉はいま一つ舌が回らないから、人情家主の善太郎が付き添いで来たという次第だ。

「これから相撲の取組みたいで」

幸吉は胸に手をやった。

「もう顔なじみなんだから、嫌だとは言うまいよ。楽にいきなさい」

善太郎は肩の力を抜くしぐさをした。

「へえ」

幸吉も同じ動きをした。

ほどなく両国橋を渡り切り、繁華な西詰に出た。


さあさ、長崎渡来、つがいの駱駝の見世物だよ……


駱駝をかたどったのか、面妖なかぶりものをした呼び込みが声を張りあげている。

さすがにひと頃ほどの人出ではないが、駱駝の見世物はまだまだ人気だ。

その喧騒から離れ、旅籠が立ち並ぶ町へ向かう。横山町から馬喰町にかけては、小さな旅籠が櫛比(しっぴ)していた。

「あそこを曲がったとこで」

幸吉が行く手を指さした。

「いい香りが漂ってきたよ」

善太郎は手であおぐしぐさをした。

ほどなく、団子屋に着いた。

二

「うちの団子なんぞでいいんですかい？」

あるじの留太郎がたずねた。

「へえ。ぜひ習わせてくださいまし」

いくぶん硬い表情で、幸吉は頼んだ。

「うちは本所の回向院の先で、ここは客の食い合いにはなりませんので」

善太郎はにこやかに言った。

すでに来意を告げ、菓子折りを渡してある。長年、長屋のあるじをつとめてきたから、その如才のなさには定評があった。

「そりゃ、目と鼻の先じゃなけりゃ」

団子屋のあるじが笑みを浮かべた。

「習いに来てくださるんですか？」

おかみがいくぶん申し訳なさそうに訊いた。

「へえ。本所のなみだ通りから通いまさ」

幸吉はしっかりした声音で答えた。

「一人前になるまでには、それなりに時はかかると思いますが」

善太郎が言う。

「いやいや、うちはごく当たり前の団子なんで」

次の団子を焼きながら、留太郎が答えた。

その手元を、幸吉がじっと見る。

「団子がぱさぱさしないようによくこねるのが勘どころだけれど、もとお相撲さんなら力に不足はないから」

おかみが笑みを浮かべた。

「へえ、わっしは力だけはあるんで」

幸吉は二の腕をたたいた。

ここで客が来た。

邪魔にならないように、幸吉と善太郎が脇によける。

「焼きを二本、みたらしを三本くんな」

屋号の入った半纏をまとった職人風の男が小気味よく告げた。

「へい、ただいま」

留太郎がすぐさま手を動かす。

あるじが焼いた団子の串を、おかみが手慣れた動きで経木に入れる。見世の前で立って食うこともできるが、持ち帰りも多い。

「はい、五本で二十文いただきます」

おかみが告げた。

一本四文だから、五本で二十文だ。すぐさま勘定しなければならない。

「勘定はどうだ？」

善太郎は小声で問うた。

「頭の巡りがいま一つで」

幸吉は苦笑いを浮かべた。

「はは、そのうち慣れるさ」

善太郎が表情をやわらげた。

「毎度ありがたく存じました」

おかみが客に声をかけた。

「ありがたく存じました」

幸吉も声を発した。

「おっ、何でえ、いきなり」

客が驚いたように見る。

「こちらで団子の修業をさせていただくことになったもので」

人情家主が代わりに答えた。

「そうかい。おめえさん、ずいぶんでけえな」

幸吉の姿を見て言う。

「わっしはもと相撲取りで」

幸吉は胸を張った。

「あともうちょっとで関取っていうところまで行ったんですよ」

善太郎が告げた。

「へえ、そうなのかい」

客は感心したように幸吉をしげしげと見た。

「ひざを悪くしちまって、団子の屋台で一からやり直そうと思って」

幸吉は言った。

「そうかい。気張ってやりな」

気のいい客はそうひと声かけて去っていった。

「いまの調子で話をしながらあきないをするといいわよ」

おかみが笑顔で言った。

「みたらしの餡のつくり方や、焼き加減なんかは、すぐ覚えられるから」

あるじも言う。

「へえ、気張ってやりますんで」

幸吉は気の入った声で答えた。

「そうそう。兄さんの長屋に空きがあるから、しばらく住みこんでもらったらどうかねえ」

おかみが言った。

「ああ、そりゃいいね。すぐそこだから」

留太郎は手で示した。

「お兄さんが長屋を持ってるのかい」

善太郎がたずねた。

「ええ。親から継いだだけですが」

おかみが答えた。

「なら、わたしと同じあきないだね」

人情家主が笑みを浮かべた。

「だったら、一緒に行って話をつけてきな」

団子屋のあるじがおかみに言った。

「あいよ」

おかみが二つ返事で答えた。

かくして、初日からばたばたと段取りが進んだ。

三

「おっ、買ってきましたよ」

庄兵衛が包みを解いた。

「わあ、いい香り」

おそめが声をあげた。

「こりゃあ、幸吉が焼いた団子で」

庄兵衛が告げた。

年の残りもあとわずかになった。師走から修業に入ったばかりだが、早くも焼きまでやらせてもらっているらしい。

「へえ、出世が早いね」

善太郎が笑みを浮かべた。

「相撲ならもう関取で」

好角家の庄兵衛の顔もほころぶ。

焼き団子とみたらし団子が三串ずつ入っていた。

それぞれを賞味しながら話を続ける。

「これは焼きだけかい？」

善太郎が問うた。

「いや、団子のこねも、串差しも、餡づくりも、ひとわたり教わってやってましたよ」

庄兵衛は答えた。

「ほう、そりゃ大したもんだ」

善太郎が感心の面持ちになったとき、風鈴蕎麦の卯之吉が出てきた。

「幸吉のつくった団子をどうだい」

人情家主が水を向けた。

「もちもちしてておいしいよ」

焼き団子を味わいながら、おそめが言った。

「焼きたてなら、もっとうめえんだがよ」

庄兵衛が言う。

「おう、なら、みたらしを一本」

卯之吉は人差し指を立てた。

「はいよ」

おそめが一本渡した。

団子の玉は四つだ。見たところ、わりかたそろっている。

「うん、甘すぎなくてうめえ」

食すなり、卯之吉が言った。

「この調子なら、あと半月もすれば修業を終えられそうだっていう話で」

庄兵衛が伝えた。

「そうかい。思ったより早いね」

善太郎はそう答えて、今度はみたらし団子に手を伸ばした。

「長屋でも団子のこねやちぎり、串差しや焼きの稽古をしてるそうで。みな感心してましたよ」

庄兵衛が言った。

「やる気を出してるんだね」

頼もしそうにおそめが言った。

「みたらしの餡もいい塩梅だ」

善太郎が満足げに言った。

「なら、帰ってきたら屋台を普請し直して出さなきゃね」

卯之吉はそう言って、残りの団子を胃の腑に落とした。

「新たな年は、また屋台が一台増えてにぎやかになるぞ」

善太郎が笑顔で言った。

四

年が改まった。

文政八年（一八二五年）の正月だ。

「おめでとうさんで」

なみだ通りに調子のいい声が響いた。

三遊亭圓生だ。

浅草の堂前に住まいがあるから「堂前の師匠」と呼ばれて親しまれている。

立川焉笑という名だったのだが、昨年の十一月に公演を行い、初代「三遊亭圓生」となった。

「毎度おなじみの駱駝でございます」

弟子の三升亭小勝が甲高い声で言う。

「だれが駱駝だよ」

と、圓生。

「長生きで珍しいのは一緒ですから」

小勝が言った。

圓生はもう五十八だが、まだまだ達者で声にも張りがある。

「今年もよしなに」

善太郎が出てきて、小勝が手にした鉢にちゃりんと銭を投じ入れた。

　ここまで歩いてきたおかげで、すでにかなりの銭が貯まっていた。

「こちらこそ、よしなに。ばうばう」

　圓生はおどけて犬の鳴き真似をした。

　たまにはしっとりとした噺(はなし)も披露するが、動物の鳴き真似や鳴り物入りの芸など、どちらかと言うとにぎやかな芸風だ。

「ときに、屋台がもう一台増えるそうですが」

　小勝が言った。

「もと相撲取りの団子の屋台がそのうち出ますよ」

　善太郎が答えた。

「なるほど」

　圓生が両手をぱしんと打ち合わせた。

「強い相撲取りとかけて、お団子屋と解きます」

　噺家はいきなり謎かけを始めた。

「そのココロは？」

　弟子が問う。

「どちらも白星が続くでしょう」

圓生はそう言って破顔一笑した。

見ているだけで笑い出したくなるいい顔だ。

「あいにくですが、師匠」

人情家主はおかしそうに口をはさんだ。

「もと相撲取りの幸吉が出すのは焼き団子とみたらし団子ですから、どちらも白くないんですよ」

「はは、もとは白かったのでご勘弁ってことで」

圓生はおどけたしぐさでごまかした。

「こんな師匠ですが、今年もよしなに」

小勝が言った。

「おまえに言われたくないよ」

「さらに掛け合いは続きます」

「なみだ通りを突っ切って」

「さて、どうします」

「やぶ重でもりをたぐるまで」

圓生は扇子(せんす)を取り出し、ずずずずっと蕎麦を啜るしぐさをした。

五

「おっ、今日は夫婦で売り子かい？」

惣菜の高野豆腐を運んできた善太郎が言った。

「今日は上州屋のつとめがないので」

おちかが笑顔で受け取った。

「そりゃ、わたしが売るより、おちかちゃんと寿助さんが売るほうがずっといいよ。……はい、これは金平牛蒡」

おそめが鉢を渡した。

「今日は普請が早く終わったんで、久々におとっつぁんの手伝いをしようかと」

寿助が頭を下げて受け取る。

泪寿司ができるまでは、寿助が父の寿一の寿司の屋台を担いでいたものだ。

「提灯屋は次々にお客さんが来たりしないんで、こちらのほうが張り合いがあります」

おちかが明るい表情で言った。

「はは、そりゃそうかもしれないね」

善太郎は言った。

「ところで、そろそろ屋台の看板をつくったほうがいいんじゃないのかい？」

寿司の仕込みをしながら、小太郎が訊いた。

「名が決まってるんなら、木の按配から始めるけどね」

寿助が言った。

「提灯も名が決まらないと」

おちかも言う。

寿助はもともと万組の腕のいい大工だ。その腕を活かして、屋台をこしらえたり看板をつくったりすることもできる。

泪寿司の看板の字は、当時は立川焉笑だった圓生師匠に紙に書いてもらい、それを巧みになぞって寿助が彫りを入れた。

おちかは東詰に近い上州屋という提灯屋の末娘だ。

長姉のおちえが婿(むこ)を取り、跡を継ぐことになっている。次姉のおたえは腕のいい提灯職人だ。

物おじしないたちのおちかは、上州屋で客の相手を受け持っていた。もともと大工が好きだったこともあって寿助と縁が生まれ、夫婦になったあとも、実家の上州屋と泪寿司を掛け持ちで働いている。寿助の弁当づくりや洗いものなども受け持っているから働き者だ。

看板は寿助、提灯はおちか。この夫婦に頼めばたちどころに段取りが進む。さりながら、名が決まらないことには話にならない。

「なら、また馬喰町の団子屋へ行って相談してこよう」

善太郎が言った。

「向こうの団子屋さんののれん分けにはならないの？」

小太郎がたずねた。

「いや、ただの団子屋で、のれんは出してないんだ」

善太郎は答えた。

「分けるのれんがないんですね」

おちかが笑みを浮かべた。

「そりゃ、新たに名を考えなきゃ」

寿助も白い歯を見せた。

「幸吉に思案があるかもしれない。明日、そのあたりを訊いてくるよ」

人情家主が言った。

六

「帰りはどうする？　また駱駝でも見る？」

朋輩のおまさがおさちに問うた。

袋物の習いごとの帰りだ。

「駱駝は一度見ればいいから」

おさちが笑みを浮かべた。

「じゃあ、お団子だけ買って帰る？」

おまさはいくぶん物足りなさそうな顔つきだった。

「立って食べるわけにもいかないし」

おさちは小首をかしげた。

「お汁粉とか出ればいいんだけど」

と、おまさ。

「お芝居小屋とかで食べるっていう手はあるけど」

おさちが言った。

「いま、いいお芝居がかかってないのよね」

今度はおまさが首をひねった。

「お汁粉屋に持ちこむわけにもいかないし」

「じゃあ、おとなしく本所に戻るしかないわね」

「小間物屋さんには寄りたいけど」

「そうね。袋物を見たい」

話がまとまった。

馬喰町の団子屋が近づいてきた。

「あっ、幸吉さんが焼いてる」

おさちの声が弾んだ。

「みたらしのいい香り」

おまさが笑みを浮かべる。

二人の娘は足を速めた。

「あっ、いらっしゃいまし」

幸吉が気づいて声をかけた。

ねじり鉢巻きがすっかり板についてきた。団子の焼き場の後ろでは、あるじとおかみが頼もしそうに見守っている。

「みたらしと焼き団子を……何本にしようかな」

おさちはおまさのほうを見た。

「せっかくだから、これくらい」

おまさは指を四本立てた。

「承知しました」

幸吉はさっそく手を動かし、持ち帰り用の経木に団子を詰めていった。

焼きとみたらし、二つがまざらないように小さく切った竹の葉で仕切りを入れる。そのあたりも細かな心遣いだ。

「もう修業は慣れましたか？」

おさちがたずねた。

「へえ、なんとかやってます」

幸吉はいい声で答えた。

「そろそろ教えることがなくなってきましたよ」

後ろからあるじの声が響いた。

「気張ってやってくれてるんで」

おかみも和す。

「それは良かった」

おさちは胸に手をやった。

「はい、お待たせしました。四本が二つで八本だから……」

幸吉の言葉がそこで途切れた。

「三十二文ですね」

おさちがすぐさま言った。

「ありがたく存じます」

幸吉が笑みを浮かべる。

「勘定だけは頼りねえなあ」

奥から留太郎が言った。

「だれかが助けてくれればねえ」

おかみも和す。

銭を支払うおさちの頭に、ある考えが浮かんだ。

それは娘の頭の中にたちまちしっかりと錨（いかり）を下ろした。

七

「もう屋台を出してもいけますよ」

団子屋のあるじが、善太郎に向かって太鼓判を捺した。

「長屋の衆にも評判のお団子で」

おかみも笑顔で言う。

「さようですか」

笑みを返すと、善太郎は幸吉のほうを見た。

「なら、屋台の普請ができたら、修業は終わりということにさせてもらおうか」

なみだ通りの屋台の元締めが言った。

「へい、ありがてえこって」

幸吉の声に力がこもった。

「あとは、外で焼くんだから火加減だな。団扇の使い方などは似たようなもんだから大丈夫だよ」

留太郎が言った。

「気張ってやります」

幸吉は団扇を動かすしぐさをした。

「勘定だけはちょっと心もとないけど」

おかみが言う。

「うちの通りのお客さんは筋がいいから、ごまかしたりはしないと思うので」

善太郎が言った。

「じっくり思案したら分かるんですが」

幸吉はそう言って髷に手をやった。

「思案と言えば、団子に名があったほうがいいんじゃないかっていう話になってね。その名が決まってから、屋台の普請にかかろうかと」

善太郎は肝心な話を切り出した。

「団子の名ですかい」

と、幸吉。

「そうだ。谷中（やなか）の芋坂（いもざか）の焼き団子とか、いろいろ江戸名物があるだろう」

善太郎は言った。

のちに羽二重（はぶたえ）団子と呼ばれるようになるが、六年前にのれんを出したばかりで、まだその名ではなかった。

「うちはただの団子で、名がなくて相済まねえこって」

留太郎が笑みを浮かべた。

「名なしのほうがさっぱりしてていいかと思いましてねえ」

おかみが言う。

「そのあたりは好き好きですから」

善太郎が言った。

「湯屋とおんなじで、『馬喰町の団子屋』って言やあ分かるんで。……で、名はどうするんだい」

留太郎は幸吉に訊いた。

「わっしの相撲取りのときの四股名が幸ノ花だから……」

そこまで言ったとき、もと相撲取りの頭にあるものが浮かんだ。

番付だ。

兄弟が持ち帰った番付には「幸ノ花」の名が載っていた。親を安堵させるために、「福ノ花」を「幸ノ花」に替えてくれたのだ。

その番付の文字が、いやに鮮やかに頭の中に立ち現れてきた。

「何か思いついたかい」

善太郎が訊いた。

「へえ。幸と福が来る『幸福団子』ってのはどうですかい」

幸吉は思いついた名を口にした。

「幸福団子か……いいかもしれないね。口福とも掛かってるから」

善太郎はうなずいた。

「語呂がいいね」

団子屋のあるじも言う。

「どっちが幸で、どっちが福なの？」

おかみが問うた。

「そりゃどちらでも」

幸吉がそう答えたから、馬喰町の団子屋に和気が漂った。

「なら、幸福団子で決まりでいいかい？　看板と提灯の段取りもあるから」

善太郎がたずねた。

「へいっ」

もと幸ノ花は気の入った返事をした。

八

なみだ通りに戻った善太郎は、さっそく段取りを進めた。

「ああ、いいですね」

普請場から長屋に帰ってきた寿助は、「幸福団子」という名を聞くなり、軽く手を打ち合わせた。

「提灯もあるから、屋台に張りつける板は小ぶりでいいかもしれないね」

善太郎は言った。

「横に『幸福団子』ですね」

寿助が念を押す。

「そうだね。それとはべつに『やき、みたらし各四文』という札を出しておけばいいだろう」

善太郎は答えた。

「字はどうします。また圓生師匠に頼みますか」

寿助が問うた。

「いや、泪寿司のときは頼んだけれど、屋台だから自前でいいんじゃないかねえ。甲次郎に下書きしてもらって、彫りを入れたらどうだい」

善太郎は答えた。

「なら、おいらが彫らしてもらいますよ」

若い大工は快く請け合った。

「ああ、頼むよ」

善太郎は笑みを浮かべた。

「あとは提灯ですね。おちかがまだ上州屋なので、ひとっ走り行ってきますか」

寿助はさらに段取りを進めた。

「そうしてもらえると助かるよ」

と、善太郎。

「看板があるんだから、提灯は縦でいいですよね」

寿助が問うた。

「提灯まで横に『幸福団子』じゃくどいから」

善太郎は答えた。

「なら、縦に赤提灯で」

寿助が言った。

「あとは大きさだね。売り手が大きいから、大きめのほうがいいかもしれない」

善太郎はあごに手をやった。

「字の感じはどうでしょう」

寿助が問う。

「そりゃあ、いかにも幸と福が来そうなほっこりした感じがいいんじゃないかねえ」

人情家主は答えた。

そこへ、おそめが姿を現わした。

屋台の看板と提灯の話のあらましを伝えると、おそめはすぐ呑みこんだ。

「あっ、ちょっと思いついたことが」

おそめは右手を挙げた。

「何だい」

善太郎が先をうながす。

「お団子はひと串に四つ。『幸福団子』も字が四つだから、そのあたりで何か細工ができないかねえ」

おそめが知恵を出した。

「ああ、なるほど」

寿助がぽんと手を打ち合わせた。

「まっすぐな看板より、数珠（じゅず）みたいな形にしたほうがいいかもしれないね」

善太郎が言った。

「できる？　寿助さん」

おそめが問うた。

「それくらいはお手の物で」

大工は白い歯を見せた。

「提灯はどうかしら」

おそめがさらに言う。

「上州屋なら、なんとかしてくれそうな気もするけれど」

と、善太郎。

「なら、そのあたりも訊いてきます。提灯屋には字の見本もあるんで」

寿助はそう言うと、ほどなく長屋から出ていった。

九

ちょうどおちかが戻るところだった。

「何かあったの？」

おちかはけげんそうに問うた。

「いや、提灯の頼みごとで来たんだ」

女房に向かって、寿助は言った。

「そうなの。長屋で何か起きたのかと思った」

おちかは歩みを止めた。

「もと相撲取りの幸吉さんがいよいよ団子の屋台を出すことになってね。屋台の普請と看板はおいらがやることになった」

寿助が言った。

「じゃあ、提灯はうちね」

おちかが笑みを浮かべた。

「そのとおり。それをこれから頼みに行こうと」

と、寿助。

「なら、引き返すわ」

おちかがきびすを返した。

「ちょいと凝った提灯にしたいんだ」

寿助は団子をかたどった提灯のあらましを伝えた。

「たぶん、できると思う。帰ったら訊いてみる」

おちかはそう言って少し足を速めた。

「あれ、どうした?」

戻ってきた末娘を見て、あるじの三五郎(さんごろう)がいぶかしげな声をかけた。

「お客様をお連れしました」

おちかはおどけて身ぶりをまじえた。

「ご無沙汰しております」

寿助が上州屋ののれんをくぐって頭を下げた。

「ああ、いらっしゃい。今日は何か?」

提灯屋のあるじが笑顔で問うた。

「ちょいと面倒かもしれない提灯の頼みごとがありまして」

寿助はそう切り出した。

「さようですか」

三五郎が笑顔で迎えた。

「まあお上がりくださいまし」

おかみが身ぶりをまじえる。

義理のせがれだが、仕事を持ってきたからには客扱いだ。

「さっそくなんですが、四つの団子を刺した串をかたどった提灯をお願いしたいと思いまして」

寿助は用向きを切り出した。

「名前は『幸・福・団・子』」

おちかは一文字ずつ切って伝えた。

「こんなかたち？」

奥で提灯をつくっていた次姉のおたえが手つきをまじえてたずねた。

「そうそう。そんな感じ」

おちかはすぐさま答えた。

「手間はかかるが、できるよ」

あるじが娘に言った。

「竹ひごを曲げるのと、紙を貼るのが面倒だけど」

女提灯職人が言った。

「曲げ具合も思案して、字を書いておかないとな」

三五郎がおたえに言った。

「うん、やってみる」

おたえは請け合った。

「お願いね、お姉ちゃん」

おちかが頼んだ。

「字の感じは、幸と福が来るように、ほっこりした感じで」

寿助が注文をつけた。

「見本帖があるので」

あるじがさっそく動いた。

寿助とおちかは、どういった字がいいか、一枚ずつ手で書かれた見本帖をめくりながら思案した。

「ああ、これがいいね」

寿助がある字を指さした。

見本帖の字はすべて「上州屋」だが、「幸福団子」に替えるとちょうど良さそうなものが見つかった。

「うん、いいと思う」

おちかが笑みを浮かべた。

かくして、すべての段取りが整った。

第七章　屋台びらき

一

「世話になりました」

幸吉が深々と頭を下げた。

背に大きな風呂敷包みを背負っている。中には身の回りのものが詰まっていた。

馬喰町の団子屋にはもうあいさつを済ませてあった。あとは長屋を引き払って本所へ戻るばかりだ。

「達者でね」

「本所へ行ったら、屋台に寄るよ」

女房衆が言う。

「ぜひ寄ってやってください」

付き添いで来た善太郎が笑みを浮かべた。

「幸福団子っていう名なので」

幸吉が言う。

「屋台はもうできてるの？」

一人の女房が訊いた。

「あとは提灯待ちですよ」

善太郎は答えた。

「それなら、先に始めても」

幸吉が言った。

「ああ、そうだね。焼きの稽古を兼ねて、試しにちょっとやってみてもいいかもしれない」

人情家主が言う。

「本場所の前の稽古みたいなもんで」

もと幸ノ花が笑った。

「なら、体に気をつけて」

「気張ってやって」

気のいい女房衆が言った。

「へえ。気張ってやります」

幸吉はいい顔つきで答えた。

二

「こうして見ると、いい看板だな」

真新しい屋台を見て、おでんの庄兵衛が言った。

「腕によりをかけて普請したんで」

寿助が二の腕をたたく。

「ありがてえこって」

幸吉が頭を下げた。

「まだ木が若いから、いい香りがするわね」

おそめが手であおいでみせた。

「寿司の屋台とはつくりが違うから、新たにつくってもらったんだが、ちょうど良かったね」

善太郎が言った。

「あとは焼きに慣れるだけで」

幸吉が団子の串を返すしぐさをした。

「なら、今晩から出すかい？」

善太郎が水を向けた。

「いや、まだ仕込みをしてねえんで」

幸吉はあわてて手を振った。

「急ぐことはないから」

と、おそめ。

「提灯もそろそろできるはずだから」

寿助が言った。

「おちかちゃんがそう言ってたのかい？」

おそめが問う。

「見場のいい団子のかたちにするのに手間取ったけれど、そろそろできそうだと」

寿助は答えた。

「だったら、提灯に合わせて屋台びらきでいいやね」

庄兵衛が言った。

「へえ。それまでは稽古で、ちょいと舌だめしをしてもらえればと」

幸吉が言った。

「ここでやるのかい」

善太郎がたずねた。

「へえ、稽古なんで」

と、幸吉。

「お客さんの前で焼かないと稽古にならないわよ」

おそめが言った。

「へ、へえ」

もと相撲取りは首をすくめた。

「本場所のつもりで稽古だな」

善太郎が笑みを浮かべた。

「普請場が終わったら、見守りに駆けつけるからよ」

寿助も言った。

「おいらも近くで見ててやるから」

庄兵衛も続く。

「なら、明日の七つ下がりくらいから出してみるか」

善太郎が段取りを進めた。

「承知で」

幸吉は肚をくくって答えた。

三

「よし、落ち着いていけ」

善太郎が言った。

「へえ」

いくぶん硬い表情で、幸吉が答えた。

これからいよいよ船出だ。

すでに仕込みは終わっている。串に刺した団子はまずまずの仕上がりで、見るからに不揃いなものはなかった。

みたらしの餡と焼き団子の醤油は、それぞれ蓋つきの瓶に入れてある。あとは屋台で火を熾し、団子を網に載せて団扇であおぎながら焼けばいい。

売り声などはいらない。団子の香りが何よりの引き札になる。

「気を楽にしてね」

おそめが笑みを浮かべた。

「へえ。勘定ができるかどうか、ちいと心もとないですが」

幸吉は弱気なことを口走った。

「だったら、初めだけついていってやれ。あとで寿助や庄兵衛も来るから」

善太郎が言った。

「そうね。初めだけよ」

おそめが言う。

「助かりまさ」

幸吉が軽く拝むしぐさをした。

かくして、団子の屋台が湊を出た。

初めてだから、何かあったときにすぐ戻れる近場に出すことになった。さっそく火を熾し、団子を焼きはじめる。

注文を受けてから、じっくり焼きたてを出すという手もあるが、ひとまず焼いてから二度焼きをして味をつけるほうが客を待たさずに済む。

「そうそう、いい感じ」

幸吉の手ぎわを見ていたおそめが言った。

そのうち、寿助が二人の仲間とともに急ぎ足でやってきた。

「いまなら初売りよ」

おそめが声をかけた。

「そうですかい。なら、醬油とみたらしを一本ずつ」

寿助が真っ先に声を発した。

「だったら、おいらは醬油を二本だ」

「おいらは甘えほうが好みだから、みたらしを二本で頼むぜ」

そろいの半纏姿の仲間が言う。

「へ、へえ、承知で。えーと……」

幸吉はこめかみに指をやった。

「醬油とみたらしが三本ずつよ」

おそめが口を出した。

「へえ、すんません」

幸吉は頭を下げた。

「おめえ、勘定ができねえのかよ」

「わらべだって分かるぜ」

寿助の仲間がずけずけと言った。

「初めてのお客さんだから、あがっちゃったんだよね」

おそめが助け舟を出した。

「わっしはもと相撲取りで、ぶつかり稽古で頭をなんべんも打ったもんで」

幸吉は情けなさそうな顔で言った。

「そりゃ先が案じられるな」

「ひと串四文だから、間違えるなよ」

大工たちが言った。

「へえ」

幸福団子のあるじは、いくぶん首をすくめて答えた。

案じられる船出だが、肝心の団子のほうの評判は良かった。

「うん、うめえ」

醬油味の焼き団子の客がまず言った。

「団子がもちもちしてるな。焼き加減もいい」

寿助も舌だめしをして言った。

「みたらしもいいぞ」

もう一人の大工が笑みを浮かべた。

「この味なら、よその町からも客が来るよ」

寿助が言った。

「気張ってつくるんで」

幸吉はやっと笑顔になった。

ほどなく、みな団子を食べ終わった。

「おいらが全部出すから」

寿助が巾着を取り出した。

「へい……えーと、三つが二組で六本で……」

幸吉はそこであいまいな顔つきになった。

「二十四文よ」

おそめがまた助け舟を出した。

四

提灯ができあがった。

苦労の甲斐あって、ほれぼれするほどの出来だった。

「どこもゆがんでなくて、いい仕事だわねえ」

おそめが感心の面持ちで言った。

「字もいいよ。灯を入れると、なおさら引き立つだろう」

善太郎がうなずいた。

「なら、今晩から使わせてもらいます」

幸吉が言った。

「これなら遠くからでも目立つわね」

おそめは真新しい提灯を指さした。

「通りのどのへんに出せばいいでしょう」

幸吉がたずねた。

「いちばん手前でいいんじゃないかな。何かあったら戻れるし」

善太郎が答えた。

「奥は卯之さんの風鈴蕎麦で、おでんと天麩羅を買ってお蕎麦に入れて食べるお客さんがいるからその並びで」

おそめが言う。

「団子を運んで蕎麦に入れる客はいないだろうからね」

善太郎がそう言ったから、長屋に笑いがわいた。

屋台は順々に船出していった。

まずはおでんの庄兵衛だ。

「支度ができてるのなら、一緒に行くかい？」

庄兵衛は幸吉に声をかけた。

「へえ、なら」

幸吉はそう答えると、まわしをたたくようなしぐさをした。

「頼むよ。あとで顔を出すが」

元締めが言った。

「承知で」

おでんの屋台のあるじは気の入った返事をした。

団子の屋台はそれなりの重さだが、さすがにもと相撲取りで、軽々とかついで見せた。

最後の相撲でまた右ひざを痛めてしまったが、養生（ようじょう）の甲斐あって少しずつ良くなってきた。屋台を運ぶくらいなら支障はない。

おでんと団子に続いて、天麩羅と蕎麦も出た。

「前と同じ屋台の数になったね」

善太郎が笑みを浮かべた。

「寿司の屋台が泪寿司に替わって、新たにお団子の屋台が増えたんだから、にぎやかになるわね」

と、おそめ。

「にぎやかかどうかは分からないが、前ほど寂しくはないだろう」

善太郎はそう答えた。

五

幸・福・団・子

なみだ通りに、ほっこりする新たな灯りがともった。

「おっ、見慣れねえ屋台だな」

「団子屋かい？」

湯屋の帰りとおぼしい二人の男が通りかかった。

「へえ。今晩から出させてもらってます。焼き団子とみたらし団子で」

団扇を動かしながら、幸吉は答えた。

「一本いくらだ？」

片方が問うた。

「どちらも一本四文で」

幸吉は答えた。

砂糖を使っているみたらしのほうがいくらか元値がかかるのだが、面倒なのでどちらも同じ値にしてあった。醤油も野田の上等な品を使っている。

「おう、うめえけど、茶はねえのかい」

「そうだな。団子を食うには茶がねえと」

客が注文をつけた。

「次から用意しますんで」

幸吉は素直に答えた。

「番茶でいいからよ」

「一本の客には出さなくていいや」

「屋台で三本より多めに食う客に出すようにすりゃあいい」

客のほうからそんな知恵を出してくれた。

初めの客を見送ってほどなくして、習いごと帰りの娘たちが来てくれた。

おさちとおまさだ。

「おめでたく存じます、幸吉さん」

おさちが笑顔で言った。

「わあ、きれいな提灯ですね」

おまさも笑みを浮かべる。

「気張ってつくってもらったんで」

幸吉も白い歯を見せた。

二人の娘は焼きとみたらしを一本ずつ頼んだ。

勘定がしやすいようにという心遣いも含まれている。

「わあ、おいしい」

おさちがみたらしを食すなり声をあげた。

「ありがたく存じます」

幸吉が頭を下げる。

「あきないは？　おさちちゃん」

おまさが水を向けた。

「あきない？」

幸吉がけげんそうに問う。

「ええ、その……わたし、本所の薬種(やくしゅ)問屋、長寿堂(ちょうじゅどう)の末娘なので、お砂糖でしたらいくらかはお安くできるかと」

おさちは思い切ったように言った。

当時の砂糖は貴重な品で、おおむね薬種問屋が扱っていた。

「そうですかい。そりゃあ、ありがてえこって」

幸吉は笑顔で答えた。

おまさは小間物問屋の娘で、わらべのころから一緒に寺子屋に通った仲らしい。浦風部屋からそう離れていないから、相撲の稽古はだいぶ前から見ていたようだ。

そんな調子で話をしていたところ、客が大勢やってきた。

土地の火消し衆だ。

「元締めから聞いたぜ」

「屋台びらきの祝いで食いに来た」

「どんどん焼いてくんな」

火消し衆は口々に言った。

「へ、へえ、ただいま」

幸吉はいくらかうろたえ気味に答えた。

「ちょいと、おまさちゃん」

おさちが小声で言って、手招きをした。

「ん？　何？」

屋台からいくらか離れたところで、おまさも声を落として訊く。

「この調子だと幸吉さんが心配だから、わたし、持ち帰りとかお勘定とか手伝ってから帰るわ」

おさちはそう告げた。

「ああ、お勘定が苦手だから」

おまさがうなずく。

「おまさちゃんは帰らなきゃいけないんでしょう?」

おさちが問うた。

「うん。遅くなったら親が案じるし」

と、おまさ。

「だったら、先に帰って。わたし、お手伝いしてから帰るので」

おさちが笑みを浮かべた。

「うん、分かった。気張ってね」

おまさは笑みを返した。

六

火消し衆の注文は続いた。

「うめえじゃねえか。持ち帰りはやってねえのかい」

一人が問う。

「経木に包んだり、箱に入れたりして持ち帰れます」

懸命に団子を焼きながら、幸吉が答えた。

「なら、焼き団子を五本くんな。かかあとせがれに食わせたいんでな」

「おいらはみたらしを四本だ」

「こっちは焼きとみたらしを三本ずつ」

次々に声が飛んだ。

「へ、へえ……」

幸吉がおろおろした声をあげたとき、意外な助っ人が現れた。

「持ち帰りはわたしがやります」

屋台の後ろに回って声を発したのは、おさちだった。

「えっ、いいのかい？」

幸吉が目を瞠った。

「持ち帰りとお勘定はわたしがやるので、幸吉さんはどんどんお団子を焼いて」

有無を言わせぬ口調で言うと、おさちはさっそく手を動かしだした。

「お待たせしました。焼き団子お持ち帰り、五本で二十文いただきます」

経木で団子を包み、竹紐を手際よく結んで、勘定を済ませる。

薬種問屋で客あしらいの見習いをしたこともあるから、肝は据わっている。なかなかに鮮やかな助っ人ぶりだ。

「お次はみたらし四本で十六文。そのお次、焼きとみたらし三本ずつは二十四文になります。いまお包みしますので」

おさちは笑顔で告げた。

「仕切りもあるから」

次の団子を焼きながら、幸吉が言った。

「承知で」

おさちはいい声で答えた。

焼き団子とみたらし団子のあいだに素早く竹の葉の仕切りを入れる。

「おまえさんら、夫婦かい？」

団子を賞味しながら、火消しの一人がたずねた。

「いえいえ、お相撲さんだったときにひいきにさせていただいていただけで」

おさちはあわてて答えた。

「そうかい。もと相撲取りかい」

「道理ででけえと思った」

客が口々に言う。

「ひざを悪くして足を洗って、団子の屋台を始めたんで」

幸吉は告げた。

「今後ともごひいきに」

おさちが笑顔で言った。

「明日からは番茶もいれてきますんで」

と、幸吉。

「おう、茶があったほうがいいな」

「この味ならいけるぜ」

「気張ってやんな」

気のいい火消し衆はそう言って励ましてくれた。

七

おさちは次の日も手伝いに来た。

習いごとはないのだが、幸吉の団子の屋台が気になって、親に断って助っ人に来たという話だった。

「ありがたいことね」

長屋から出る前に、おそめが笑顔で言った。

「わたしも学びになりますから」

おさちのほおにえくぼが浮かんだ。

「ゆうべはほんとに助かったんで」

幸吉が言った。

「わっと客が来ると、おたおたしてしまうんだな」

少しあいまいな表情で、善太郎が言った。

「へえ。下からわあっと突っ張りを受けたみたいで」

もと幸ノ花が身ぶりをまじえる。

「うふふ」

おさちがおかしそうに笑った。

「まあ、そのうち慣れるわよ」

おそめが言った。

「だといいんですが」

幸吉は自信なさげに答えた。

「今日から番茶をいれて持っていくんだね」

善太郎が訊いた。

「へえ。やかんに入れて、屋台であたため直しまさ。三本より多い注文をしてくれたお客さんに出すことに」

幸吉は答えた。

「ご所望のお客さんにはお出ししてもいいかも」

おさちが小首をかしげて言った。

「一本でもかい？」

幸吉が驚いたように問うた。

「ええ。引き札にもなるし」

薬種問屋の末娘が答えた。

「いいかもしれないわね」

おそめが乗り気で言った。

「お茶を出すのもわたしがやりますから」

おさちが手を挙げた。

「そりゃありがてえ。肝心の団子をしくじったら元も子もねえから」

幸吉が言った。

「あとで様子を見に行くよ」

善太郎が言った。

「へえ、気張ってきまさ」

もと幸ノ花はぽんと腹をたたいた。

これから土俵に上がるようなしぐさだ。

「気張っていきましょう」

おさちが笑みを浮かべる。

「おう」

幸吉がいい声で答えた。

こうして、幸福団子の屋台はまた湊を出ていった。

八

「おっ、団子の屋台が出たってな」

人情家主の姿を見た松蔵親分が声をかけた。

「ああ、親分さん。これから様子を見に行くところです」

善太郎が告げた。

「そうかい。なら、ついでに食っていこう」

松蔵親分が言った。

「うめえっていう評判だから」

子分の千次も言う。

「薬種問屋の娘さんが手伝ってくれてるんで」

善太郎が言った。

行く手に提灯が見えてきた。四つの団子をかたどった縦長の赤提灯ゆえ、遠くからでも目立つ。

「へえ、薬種問屋なら長寿堂かい？」

松蔵が訊いた。

「さようで。もともと幸ノ花がひいきで稽古をよく見に来ていた娘で」

善太郎が答えた。

「そうかい。お、客が帰るところだな」

十手持ちが屋台のほうを指さした。

「毎度、ありがたく存じました」

おさちの声が響いてきた。

ほどなく、屋台に着いた。

「どうだい、調子は」

まず善太郎が訊いた。

「へえ。そろそろ終(しま)いで」

幸吉が笑顔で答えた。

「お茶もなくなりそうです」

おさちがやかんを手で示す。

「手伝い、ご苦労だな」

娘の労をねぎらうと、松蔵は幸吉のほうを見た。

「お、一本ずつくんな」

「おいらも」

千次も続く。

「承知しました」

幸吉はさっそく手を動かしだした。

「わたしの分はなさそうだね」

善太郎が言った。

「一本だけならありますが」

幸吉が申し訳なさそうに答えた。

「いや、いいよ。卯之吉の蕎麦を食うから」

人情家主は笑って答えた。

「浦風部屋の力士さんたちも来てくださったので、あっという間に残りが少なくなってしまって」

おさちが笑みを浮かべた。

「親方も来て、餞別をくだすって、ありがてえこって」

もと幸ノ花が言った。

「ここいらは人情の町だからよ」

十手持ちが渋く笑う。

「ここんとこ、空き巣が続いて出たりして物騒ですが」

子分が言った。

「へえ、そうなのかい」

と、善太郎。

「それもあるんで、夜廻りを増やそうかと。本所方の旦那方も目を光らせるそうで」

松蔵がそう答えたとき、団子が焼きあがった。

「へい、お待ちで」

まずは焼き団子の皿が差し出される。

持ち帰りの団子は経木で包むが、屋台で食す客には皿に載せて出す。

「お茶もどうぞ」

おさちが湯呑みを差し出した。

「息が合ってるじゃねえか」

「夫婦の屋台みてえだな」

松蔵と千次が言った。

「へえ……」

あいまいな返事をすると、幸吉はあたたかいまなざしをおさちのほうへ向けた。

九

翌日は雨になった。

なみだ通りの面々は、いつものように相模屋に顔を出した。

そのなかには、団子の屋台を始めた幸吉の姿もあった。

「つとめが続くと、雨も骨休みになっていいだろう」

風鈴蕎麦の卯之吉が言った。

「へえ。ずっと気が張ってたんで」

幸吉は笑みを浮かべると、焼き握りをわしっとほおばった。

「それにしても、手伝いの娘さんがうまく見つかったもんだな」

天麩羅の甲次郎が言った。

「わっしの稽古を見に来てくれてたんで」

幸吉はそう答えると、残りの焼き握りを胃の腑に落とした。

「もう女房にしちまえばどうだいって水を向けてるんだがね」

善太郎が笑みを浮かべた。

おでんの庄兵衛が言った。

「うちも甲次郎さんとこも女房が向こうへ行っちまって、いまは夫婦屋台がないからね」

「代わりにうちがやらせてもらってますが」

あるじの大吉が銚釐（ちろり）の具合を見ながら言った。

「こういうのは勢いだからな」

「うちもそうだったぜ」

「わっと行っちまえ」

煮蛸を肴に土間で車座になって呑んでいた左官衆が焚きつけた。

「へえ、でも……」

幸吉はあいまいな顔つきだ。

「向こうは薬種問屋だから、砂糖を頼みに行くついでに顔つなぎをするっていう手は打てるがね」

人情家主が水を向けた。

「みたらしの餡の砂糖ですね」

おかみのおせいが言う。

「わたし、甘いの好き」

つくばに猫じゃらしを振っていたおこまがだしぬけに言った。

「おこまちゃんが前にそう言ったから、団子が思い浮かんだんだ。ありがとよ」

幸吉が言った。

「そうか。そもそもはおこまちゃんの思いつきか」

と、善太郎。

「うん」

娘は胸を張った。

「なら、うちへ来たらみたらしを三本くらいあげるよ」

幸吉が言った。

「ほんと？」

おこまの瞳が輝いた。

「本当だよ。わっしが団子の屋台を出せたのは、おこまちゃんのおかげだから」

幸吉は笑顔で言った。

「ずっとくれる？」

おこまは厚かましいことを口にした。

「これこれ」

おせいがすぐさまたしなめる。

「それだと、お団子の屋台がつぶれてしまうよ」

善太郎がそう言ったから、相模屋に笑いがわいた。

十

「では、今後ともよしなにお願いいたします」

善太郎が頭を下げた。

「わざわざお運びいただきまして、ありがたく存じました」

長寿堂のあるじの儀作（ぎさく）が礼を返した。

後ろのほうには、末娘のおさちも控えていた。

そちらに向かって、幸吉が軽く一礼した。

「では、御免くださいまし」

善太郎は幸吉とともに薬種問屋を出た。

もと相撲取りは、紋付き袴に威儀を正していた。

今日は長寿堂を訪れ、おさちに屋台を手伝ってもらっている礼を述べてから、砂糖の仕入れを頼んだ。善太郎はそのほかに、腹痛（はらいた）の煎じ薬などをとりどりに買いこんだ。その訪問がいま終わったところだ。

「その恰好だから、違う用向きだと思ったかもしれないね」

なみだ通りへ戻りながら、善太郎が言った。

「違う用向き？」

幸吉が問う。

「おさちちゃんを嫁にくださいっていう用向きだよ」

善太郎は笑って答えた。

「へえ、いや……まだ当人にも言ってねえんで」

幸吉の顔がたちまち赤くなった。

「もともと幸ノ花のひいきだったんだし、好いていればこそ屋台を手伝ったりしてるんだよ」

善太郎が言う。

「へえ」

幸吉はいま一つ煮えきらない様子だ。

「もう上手に手がかかってるんだから、しっかり引きつけて寄っていかないとね」

人情家主は相撲になぞらえて言った。

そのうち、浦風部屋の前を通りかかった。

幸吉は立ち止まり、部屋の中を覗いた。

「いまは昼寝時で」

もと幸ノ花が言った。

「稽古は休みかい」

善太郎が問うた。

「へえ」

幸吉は感慨深げにうなずいた。

「こうやって、ここからおまえさんの稽古風景を見てたんだよ、おさちちゃんは」

善太郎は言った。

「気づいてました」

幸吉ははにかんだ笑みを浮かべた。

「相撲と同じで、前に出るときは出なきゃな」

人情家主はもと相撲取りの背中をぽんとたたいた。

幸吉はうなずいた。

そして、おのれに気を入れるように帯をぽんと一つ手でたたいた。

第八章　祝いの宴

一

「おいしいっ」

相模屋のおこまが笑みを浮かべた。

月に二日だけだが、煮売り屋は休みになる。今日は家族そろって駱駝を見物に行ったらしい。

「そりゃ良かった」

幸吉が笑みを浮かべた。

「みたらしの餡が甘くておいしいでしょ」

おさちが言った。

まだ日が暮れていないから、なみだ通りに出ている屋台は幸福団子だけだ。

団子の屋台を手伝うのはいいが、日が暮れてからだと剣呑だから、夕方だけにしてほしい。

長寿堂のあるじからそう言われたため、屋台を出すのを早くした。初めはどうかと案じたが、逆にわらべが来てくれるようになった。

「うん、甘いよ」

おこまは満足そうだ。

「うちのお砂糖を使ってるから」

おさちは自慢げに言った。

「砂糖は薬種問屋が扱ってるんだ」

父の大吉が教える。

「ふうん」

おこまがうなずいて、残りの団子を胃の腑に落とした。

「駱駝も見たし、今日はいろいろ学びになったね」

母のおせいが言った。

「うん、楽しかった」

相模屋の看板娘は花のような笑顔になった。

「あとでまた食べるか？」

大吉が訊いた。

「うんっ」

おこまは力強くうなずいた。

「いくらでも焼くよ」

幸吉が笑顔で言った。

「焼き団子は酒の肴にもなるから、あと五本ずつ」

大吉が片手の指を開いて見せた。

「承知しました。経木の箱にお詰めしますので」

おさちが弾むような声で告げた。

二

日はだんだん西に傾いてきた。

仕込んだ団子は残り十本を切った。

ふっ、と一つ、幸吉は息をついた。

まだ土俵に上がっているときのことが、いやにあざやかによみがえってきた。

いよいよ立ち合いだ。

思い切ってぶつかって、前へ出なければ……。

幸吉は腹に力をこめた。

「あの……」

もと幸ノ花は、手伝いを買って出てくれた娘に向かっておずおずと声をかけた。

「はい？」

おさちがその顔を見る。

何かを察したような表情だ。

「おさちちゃん……今日も、ありがてえこって」

幸吉は両手を合わせた。

おさちはこくりとうなずいた。

「今日も、団子の屋台をやってたら、ふと思ったんで」

幸吉は真っ赤な顔で告げた。

おさちは言葉をはさまなかった。黙って次の言葉を待っていた。

客は来ない。
なみだ通りを風が吹き抜けていく。
重い間があった。
幸吉は意を決して口を開いた。
「この先……十年か、二十年か分からねえけど、ずっと先も、こうやって……」
そこで言葉がいったん途切れた。
押せ、と声が聞こえた。
親方の声だ。
幸吉はちらりと空を見た。
茜に染まりつつある江戸の空がきれいだった。泣きたくなるほどきれいだった。
幸吉は続けた。
「おさちちゃんと一緒に、この屋台をやってるような、そんな気がした」
そこまで言うと、幸吉は一つ息を入れた。
おさちは瞬きをした。
そして、幸吉の顔をしっかり見て言った。
「わたし、お手伝いします、幸吉さんの屋台を。十年先も、二十年先も、女房として」

おさちのほおにえくぼが浮かんだ。

また風が吹いた。

まだ冷たいが、かすかな春の息吹(いぶき)がこもった風だった。

「……よろしゅうにな」

もと幸ノ花は、のどの奥から絞り出すように言った。

「はい」

おさちは笑顔でうなずいた。

その顔を見て、幸吉はふっとまた息をついた。

三

「おう、そりゃあ良かった」

善太郎が破顔一笑した。

早く知らせたいからと、団子の屋台は早じまいにして長屋に戻った。むろん、おさちも一緒だ。

「おめでたいことで」

おそめも満面の笑みだ。

「ありがてえこって。肩の荷が下りました」

幸吉が包み隠さず言った。

「わたしも、心の臓がどきどきしました」

おさちが胸に手を当てる。

「あとは長寿堂さんにあいさつしないとね」

善太郎が言った。

「いまからですかい？」

幸吉が問う。

「それは先様も困るだろう。明日の昼過ぎに改めてごあいさつに行けばいい。わたしも行くよ」

人情家主が言った。

「わたしから父と母に伝えておきますので」

おさちのほおにえくぼが浮かんだ。

「なら、また紋付き袴で」

幸吉も白い歯を見せる。

「今度こそ、そういう用向きでな」

善太郎が言った。

「ひと足先に、団子が長寿堂さんへあいさつに」

幸吉は長屋の庭で団子を焼く支度を始めた。

経木の箱に詰めて、おさちに持ち帰ってもらおうという腹づもりだ。

幸吉がおさちと夫婦になるという話は、たちまち長屋じゅうに広がった。

まだ暮れておらず、屋台の支度は整っていなかったが、みな祝いに顔を出してきた。

「おう、いよいよ一緒になるのか。実は、周りはやきもきしてたんだ」

おでんの庄兵衛が笑顔で言った。

「相済まねえこって」

団子を焼きながら、幸吉が言った。

「これからもよしなにお願いいたします」

おさちがていねいに頭を下げた。

「これでなみだ通りにぱっと花が咲くよ」

庄兵衛が笑みを浮かべる。

そこへ、天麩羅の甲次郎と、風鈴蕎麦の卯之吉が連れ立って出てきた。

「いよいよ夫婦屋台だな」

甲次郎が言う。

「幸福団子にふさわしいよ」

卯之吉も和した。

「ありがてえこって。わっしには過ぎた女房で」

幸吉はそう言って、団子に刷毛(はけ)で醤油を塗った。

「はは、もう尻に敷かれてるのかい」

庄兵衛が軽口を飛ばしたから、長屋に笑いがわいた。

「そうそう。長屋に住んでもらわないといけないわね」

おそめが言った。

「そうだな。夫婦なんだから」

と、卯之吉。

「空きは二部屋あるけど、広いほうがいいね」

善太郎が言った。

「わっしは幅があるから」

幸吉が少し首をすくめた。

「なら、ちょっと見て、おさちちゃん」

おそめが手招きをした。

「はい」

おさちが続く。

幸吉が団子を仕上げているあいだに、おさちは長屋の部屋の下見を済ませた。使い勝手の良さそうな部屋で、首をひねるところはどこにもなかった。

幸吉もあとで検分をした。

「わっしには過ぎた部屋で」

もと幸ノ花は言った。

「よし、これで遅くまで屋台を出せるな」

善太郎が言った。

「へえ、でも、わらべにも買ってもらいたいんで」

幸吉はあごに手をやった。

「それなら、おいらとおんなじで、二度のつとめに出ればいいだろう」

庄兵衛が水を向けた。

「ああ、そうだな。それがいいよ」

人情家主が賛同した。

「お団子づくりは、わたしも手伝います」

おさちが言った。

「まさに幸福団子だね」

善太郎が笑顔で言った。

四

段取りは着々と進んだ。

翌日の昼過ぎ、幸吉は善太郎とともに薬種問屋の長寿堂に足を運んだ。

幸吉にとっては幸いなことに、長寿堂は好角家の家系だった。あるじの儀作も、隠居の儀左衛門も、回向院の相撲興行へいくたびも足を運んでいた。おさちが幸ノ花のひいきになったのも、あるいはそういう血かもしれない。

「もと力士が身内になるのは鼻が高いことで」

儀作はそう言ってくれた。

おさちは三人姉妹の末娘だ。ちょうど上州屋のおちかと同じで、長姉が婿を取っている。

次姉は同業の薬種問屋にいいなずけがいた。

「では、そのうち祝言(しゅうげん)を挙げて、所帯道具を手前の長屋に運んでいただければと」

善太郎が言った。

「さようですね。祝言の宴はどこにいたしましょう」

長寿堂のあるじがたずねた。

「ここいらでしたら、やぶ重さんがよろしゅうございましょう」

善太郎がすぐさま答えた。

昨年、寿助とおちかの宴を開いたばかりだ。

「承知しました。いい宴にしたいですね」

儀作は笑顔で答えた。

「出しものはこちらに思案がありますので」

善太郎が言った。

額扇子の松蔵親分と、堂前の師匠こと三遊亭圓生と弟子の三升亭小勝。そのあたりには声をかけるつもりだった。

「さようですか。楽しみですね」

おかみのおすみが笑みを浮かべた。

「わっしの師匠にも出てもらいてえんですが」

もと幸ノ花が言った。

「そうだね。ちょうど帰り道だから、浦風部屋に寄ってみよう」

善太郎はすぐさま答えた。

「できれば、お関取にも」

好角家の儀作がいくぶん声を落として頼んだ。関取に上がった浦嵐のことだ。

「わっしといちばん仲の良かった誉力にも出てもらいてえ。田舎からは、兄ちゃんと弟が出てきたばかりで呼べねえから代わりに」

幸吉が言った。

「分かった。そのあたりも頼んでこよう」

善太郎はそう言って茶を啜った。

話が決まってから隠居も出てきた。

もと幸ノ花から手形をもらったり、本場所の話を聞いたりしてご満悦の様子だった。和気藹々（あいあい）のうちに、善太郎と幸吉は薬種問屋を後にした。

その後も段取りは滞りなく進んだ。

浦風部屋を訪れてみると、親方も力士たちも快く宴に出ると言ってくれた。

ただし、初場所の興行がある。

長寿堂のほうの段取りもあるし、祝言の宴は場所後ということに決まった。

五

長寿堂から嫁入り道具が運ばれてきた。

荷車を引いてきたのは薬種問屋の手代（てだい）たちだ。幸吉がやると手を挙げたのだが、さすがにそれはどうかという話になった。

「ありがとう。あとはやりますから」

おそめが手代たちに言った。

「運び入れはわっしが」

幸吉が右手を挙げた。

箪笥（たんす）に鏡台に着物に布団。次々に品が運び入れられていく。

その様子を見て、長屋の女房衆が集まってきた。

「これから、よしなにお願いします」

おさちが笑顔で言った。

「ああ、こちらこそよしなに」

「長屋が明るくなるわね」

気のいい女房衆が答えた。

「おさちちゃんは働き者なので」

おそめが笑顔で言った。

「泪寿司の惣菜づくりのほうもやらせていただきます」

おさちが言った。

「団子の串を削ったり、いろいろやることはあるんで」

幸吉が身ぶりをまじえた。

「夫婦で力を合わせれば、何だってできるから」

「うちは出職だから、洗い物くらいだけど」

「そのうち子の世話をしなきゃならなくなるから」

女房衆が口々に言った。

そんな調子であいさつも終え、幸吉とおさちは一緒に暮らしはじめた。

帰るところがあるから、遅くなってもかまわない。幸福団子の提灯にはまた赤い灯がともるようになった。

「字がほっこりと喜んでるみてえだな」

「そりゃ若夫婦がやってるからよ」

「団子を食って、幸福のおすそ分けをもらわなきゃな」

なじみの客が口々に言った。

「勘定に気を遣わなくてもいいから、ありがてえこって」

幸吉が包み隠さず言った。

「頼りねえなあ」

「あるじなんだから、しっかりしな」

客があきれたように言った。

「でも、幸吉さんがそばにいてくれるから、夜でも安心で」

おさちは笑みを浮かべた。

「そりゃ、もと相撲取りだからよ」

「張り手一発で退治だ」

客の一人が身ぶりをまじえた。

「へえ、女房に悪さをするやつはたたきのめしてやりまさ」

幸吉は本気の表情で言った。

「頼もしいな、若おかみ」

客が言う。

「はい」

おさちのほおに、くっきりとえくぼが浮かんだ。

六

もと幸ノ花が力を見せたのは、それからしばらく経った晩のことだった。

「今日も売り切れそうね」

おさちが言った。

「長屋へ戻って団子をつくり直してまた出ても売り切れてくれるんだから、ありがてえこって」

幸吉が笑みを浮かべた。

「元締めさんも屋台のみなさんも、長屋の人たちもみな良くしてくださるから」

おさちが笑みを返した。

桃割れから丸髷に変わったが、落ち着きが出て、美しさもかえって増した。髷に挿しているのは堅実な黄楊(つげ)の櫛だ。

「あと八本、残りが少なくなったら、しまって湯屋へ行こうか」

幸吉が水を向けた。

「そうね。まだまだ風が冷たいから、湯であったまりたいわ」

おさちがそう答えたとき、通りの向こうで声が聞こえた。


待ちな。

空き巣だっ。


ただならぬ声だ。

幸吉がさっと動いた。

「屋台を頼む」

おさちにそう告げると、もと幸ノ花は通りの真ん中に出た。

向こうから男が一人、刃物を振りかざしながら走ってきた。

「待てっ」

後ろから追っ手の声が響いた。
聞き憶えがある。
本所方だ。
「止まれっ」
賊の前で、幸吉は仁王立ちになった。
「どきやがれっ」
尻に火がついた賊がやみくもに刃物を振り下ろしてきた。
おさちは思わず目をつぶった。
幸吉さんが刺される。
そう覚悟した。
だが……。
もと幸ノ花の張り手がまさった。
一瞬速かった。
ばちーん、と大きな音が響く。
賊の動きがたちどころに止まった。
「ぬんっ」

幸吉は賊の手首をつかんでひねりあげた。

ぼきぼきと骨が折れる。

すさまじい力だ。

「ぐわっ」

賊の手から刃物が落ちた。

幸吉はさらに二度、三度と張り手を見舞った。

賊は鼻血を流し、たちまち昏倒した。

「怪我はないか」

駆け寄ってきた男が問うた。

本所方の魚住剛太郎与力だ。

「へい」

幸吉が短く答えた。

「番所へつないでくれ」

魚住与力が言った。

「承知で」

安永新之丞同心がさっと駆けだしていった。

「ここいらを荒らしていた空き巣だ」

魚住与力は張り手を喰らってのびている賊を指さした。

「おまえさんのおかげでお縄にできるよ」

本所方の与力は笑みを浮かべた。

「わっしの相撲の技が役に立ちました」

もと幸ノ花は、笑って張り手を見舞うしぐさをした。

それを見て、おさちがやっと息をついた。

七

「おう、載ってるぜ」

紙をひらひらさせながら、松蔵親分が幸福団子の屋台に近づいてきた。

後ろには子分の千次もいる。

「何がでしょう」

おさちがいぶかしげな顔つきで問うた。

「昨日の捕り物だよ。かわら版に手柄が載ってるんだ。刷りたてを買って持ってきてやった」

松蔵がそう言ってかわら版を渡した。

「こりゃ、客がどっと来るぜ」

千次が笑みを浮かべた。

「わっしのことが？」

幸吉は驚いたようにかわら版を見た。

おさちも覗きこむ。

そこには、こう記されていた。


本所の空き巣荒らしをば、もと力士の幸ノ花が退治せり。

先場所かぎりにて髷を切りし幸ノ花なれど、その怪力はいささかも衰へず。

憎むべき空き巣をば、鍛への入つた張り手にて、ものの見事に退治せり。

誉むべきかな、幸ノ花。

その怪力は無双なり。


「わっしがこんなにほめられたのは初めてで」

幸吉は感慨深げに瞬きをした。

「良かったね、幸吉さん」

おさちが心底嬉しそうに言った。

「団子の屋台のことも書いてあるぜ」

「続きを読みな」

十手持ちとその子分がうながした。

相撲をやめし幸ノ花は、団子の屋台を出してをり。
ところは本所、なみだ通り。
その名もめでたき「幸福団子」。
さつそく福が来たらしく、伴侶を得たる幸ノ花、
いや、幸吉に幸あれかし。
善哉（よきかな）、善哉。

かわら版は調子良くまとめていた。

「本所方の旦那方に、かわら版屋がいろいろ聞きこんでたようで」

千次が告げた。

「ありがてえこって」

幸吉がまた瞬きをした。

「おっ、さっそくかわら版を持った客が来たぜ」

松蔵親分が指さした。

「おお、あそこだぜ」

「あれが幸福団子だ」

「団子を食いに来たぞ」

客の声が響いた。

「いらっしゃいまし」

おさちが明るく答えた。

八

祝言の日はいい日和(ひより)になった。

貸し切りになったやぶ重には、招かれた客が次々にやってきた。

座敷の上座には新郎新婦が座った。すでに一緒に長屋で暮らしているとはいえ、そこはそれだ。幸吉は紋付き袴、おさちは春らしい紅梅色の小袖に綿帽子をかぶっている。

長寿堂のあるじとおかみ、相撲好きの隠居、それに二人の姉と長姉の婿。おさちの朋輩のおまさや長寿堂の親族などが祝いに訪れた。

片や、幸吉のほうは信州の藪原宿から兄弟が出てきて帰ったばかりだ。よって親族はいないが、親代わりの善太郎とおそめ、屋台仲間の庄兵衛と甲次郎と卯之吉が出ていた。

さらに、相撲取りのときに所属していた浦風部屋の浦風親方、部屋頭の浦嵐、さらに、仲が良かった誉力も姿を見せていた。もと幸ノ花を含めると四人もいるから、蕎麦屋の座敷が狭く見える。

そのほかに、半ば余興のために呼ばれた三遊亭圓生と弟子の三升亭小勝、さらには額扇子の松蔵親分と子分の千次の顔もある。祝言の宴の場はなかなかににぎやかだった。

「えー、では、僭越ながら、俳諧師東西が段取りを進めさせていただきます」

おでんの庄兵衛がもう一つの顔を見せて言った。

「よっ、待ってました」

「早く鯛が食いてえな」

さっそく声が飛んだ。

紅白の水引の付いた見事な焼き鯛に姿づくり。蕎麦屋といえども、宴の料理も抜かりがない。さすがは本所の名店だ。

「へい、では、固めの盃をささっとお願いします」

庄兵衛は善太郎のほうを手で示した。

「屋台の元締めの善太郎です。では、若いお二人の門出を祝って」

人情家主は朱塗りの酒器を手に取ると、新郎新婦の盃についだ。

幸吉とおさちが型通りに呑み干す。

「これで二人は晴れて夫婦となりました」

善太郎が言った。

「もう長屋で一緒に暮らしてるそうですが」

さっそく圓生がくすぐりを入れた。

「それは言わない約束で、師匠」

弟子の小勝がすかさず言う。

「では、固いことは終わりで、あとは酒と肴を楽しみつつご歓談くださいまし」

庄兵衛が如才なく言った。

「おれの出番はまだだいぶ先なんで」

額扇子の松蔵親分が言った。

「それまでに酔っぱらわないでくださいよ、親分」

子分の千次が言った。

新郎新婦のもとへは、入れ代わり立ち代わり酒器を持った者が来た。

いちいち盃の酒を呑み干してから受けるから、早くも幸吉もおさちも顔が赤くなってきた。

「良かったわね、おさちちゃん」

おまさが笑顔で言った。

「ありがとう。おまさちゃんと一緒に稽古を見に行ってたおかげ」

おさちは赤くなった顔で答えた。

長寿堂の隠居も酒をつぎに来た。

「跡取りができたら、相撲取りにするのかい」

儀左衛門が幸吉に問う。

「い、いや、それは……」

幸吉はうろたえた様子で答えた。

「まだできてもいないのに気が早すぎるよ、お父さん」

聞きつけた長寿堂のあるじがそう言ったから、場に笑いがわいた。

幸吉は酒器を持ち、浦風親方に酒をついだ。

「本日はありがたく存じます」

もと幸ノ花が一礼した。

「おう。あとでひと言しゃべらなきゃならねえから、それまでとっておくよ」

親方はそう答えて、渋く盃の酒を呑み干した。

今度は浦嵐につぐ。

「勝ち越し、おめでたく存じました、関取」

幸吉は言った。

初めて幕内に上がった浦嵐は、部屋頭らしい健闘ぶりで、見事に勝ち越しを収めた。

「大きな白星、めでてえこって」

浦嵐は笑顔で答えた。

むろん、白星になぞらえられているのはおさちのことだ。

最後に、誉力にもついだ。

「あとで甚句をやるからよ」

気のいい力士が笑った。

「おう、そりゃすまねえ」

もと幸ノ花は手刀を切るしぐさをした。

「無え知恵を絞って文句を思案したんだ。あとは声を絞るだけさ」

誉力は大きな手をのどにやった。

さらに料理が来た。

天麩羅は海老と鱚。どちらも縁起物だ。

ここでようやく蕎麦が出た。

ただし、いつもの色ではなかった。御膳粉で打った白い蕎麦と、紅粉で色をつけた紅い蕎麦。おめでたい紅白の蕎麦だ。黒塗りの椀に盛り、つゆをかけて食す。

箸が動き、酒がすすむ。

宴もたけなわとなった。

「そろそろ余興に移るかい」

善太郎が小声で庄兵衛に言った。

「そうですね。いきますか」

俳諧師東西がおもむろに立ち上がった。

九

「では、宴もたけなわでございますが、このあたりで出しものに移らせていただきます」

庄兵衛が告げた。

「よっ、待ってました」

線香の千次が声を発した。

額扇子の松蔵親分が立ち上がる。

三升亭小勝が続いた。

「では、鳴り物が始まります」

小勝は師匠の三遊亭圓生のほうを手で示した。

「ちゃか、ちゃんりんちゃんりんちゃんりん……」

圓生が口で鳴り物の真似を始めると、場はたちまちにぎやかになった。

「よっ、ほっ」

それに合わせて、松蔵親分が額に扇子を立てた。

「ほっ、ほっ」

両腕を横に伸ばして揺らしながら、器用に扇子を額の上に立てる。

初めは閉じたまま、お次は開いて額に載せた。

祝、と金文字で記された紅い扇子が映える。

「ちゃか、ちゃんりんちゃんりんちゃんりん……」

圓生の鳴り物の声が高くなった。

「いつもより長めに載せております」

小勝も声を張りあげる。

「これが本所の十手持ちとは情けねえ」

手下の千次が笑いを取った。

「よっ、松蔵親分」

「いいぞ」

屋台衆から声が飛んだ。

「ご無礼いたしました」

存分に芸を披露してから、松蔵親分は扇子を手に収めた。

またやんやの歓声がわく。

「鳴り物だけではさびしいので。もうひと花、師匠」

小勝が圓生に言った。

「なら、謎かけを」

あらかじめ打ち合わせてきたとおぼしい圓生がすぐさま言った。

「幸福団子とかけまして、末広がりと解きます」

「そのココロは？」

「焼き団子はひと串に四つ、みたらし団子も四つ。合わせて八つの末広がりで縁起がよろしいでしょう」

圓生は両腕で大仰に「八」をかたどって見せた。

「ああ、なるほど」

善太郎がひざを打った。

「言われるまで気づかなかったわ」

おそめが笑みを浮かべた。

さらに謎かけは続いた。

「幸福団子とかけまして、幸せと解きます」

「そのココロは？」

「焼き団子はひと串に四つ、みたらし団子も四つ……」

「そこまで一緒ですよ、師匠」

「四と四を合わせて、『し』あわせでしょう」

圓生がそう落とすと、祝いの宴の場にどっと笑いがわいた。

「ありがたく存じました、師匠」

噺家の労をねぎらうと、庄兵衛は浦風親方のほうを見た。

「では、続きまして、幸ノ花の育ての親であられる、浦風親方からお言葉を頂戴したいと存じます。親方どうぞ」

指名を受けた親方はゆっくりと立ち上がり、背筋を伸ばしたまま一礼した。

「幸ノ花の育ての親と言われましたが、あと一歩で関取にできなかったことはひとえにわたしの不甲斐なさで、相済まないことをしたと思っております」

それを聞いて、幸吉が首を横に振った。

「わっしが弱かったんで。あと一番を勝てなかったわっしのせいで」

幸吉は真っ赤な顔で言った。

「いや、その前に番付運もなかった。うちのような小部屋でなければ、関取になっていただろう。ただ……」

そこで親方の表情がやわらいだ。

「あと一勝ができずに髷を切ることになった幸ノ花ですが、ただの幸吉に戻ってから、その一勝に余りある大きな白星を手に入れました。こりゃあ、ただの一勝じゃない。人生のほうの一生にわたって続く大きな白星です」

親方は笑みを浮かべた。

幸吉もおさちも感慨深げにうなずいた。

「良かったな、幸」

親方は情をこめてかつての弟子の名を呼んだ。

「へい」

幸吉が目元をぬぐった。

「女房を大事に、仲良く暮らせ。……短いですが、このへんで」

浦風親方はそう言って一礼した。

次は誉力の出番だった。

相撲甚句だ。

みなで合いの手を入れながら進む。

本所名物　数々あれど

めでためでたの幸福団子
（ヨー、ホイ）
みたらし団子に焼き団子
幸い来れば福も来る

つくりまするはもと力士
怪力自慢の幸ノ花
（ホイ）
その名も同じおさちをば
娶（めと）って増やす幸と福

みなみなさまも末永く
屋台のご愛顧
（ハア、どすこい）

願います……

（ホイ、ホイ）

声がそろった。

「よっ、江戸一」

「日の本一」

相撲取りに声が飛ぶ。

「お粗末さまで」

誉力は満面に笑みを浮かべた。

「では、トリは」

庄兵衛が善太郎のほうを手で示した。

「いや、その前に東西の発句があるだろう」

人情家主が身ぶりを返した。

「そうそう、ここで一句詠んでくれなきゃ」

「俳諧師の名が廃るぜ」

屋台の仲間が言う。

「分かったよ」

庄兵衛はそう答えると、しばし思案してから発句を口にした。

春の団子かな
福も来る
幸ひも

「句またがりで字余りですが、これでご勘弁を」

俳諧師東西が髷に手をやった。

ここでやぶ重のあるじとおかみが椀を運んできた。

蕎麦汁粉だ。

餅の代わりに、蕎麦がきが入っている。酒宴の締めにはちょうどいいひと品だ。

「では、汁粉を食べながら、わがなみだ通りの屋台の元締めのごあいさつをお聞きください」

庄兵衛は段取りを進める役に戻った。

「いや、もうしゃべることもないんだがね……」

善太郎は少し間を置いてから続けた。

「縁というのは異なもので、たまたまこのなみだ通りに縁があって、いくつかの屋台が出るようになりました。屋台が出て行く湊はわたしの長屋ですが、屋台というものも湊のようなもので、そこへお客さんの船が入って胃の腑を満たして暖を取ってはまた出て行く。そのうちまた縁がつむがれていく。このたび門出をした幸福団子という湊からも、たくさんの船が、幸と福を載せて出て行くことを願って、締めのひと言とさせていただきます」

人情家主はそう締めくくった。

「ありがてえ」

幸吉が頭を下げた。

「おう、新郎からはひと言ねえのかい」

誉力が言った。

「そうそう、ひと言聞きてえな」

浦嵐も言う。

幸吉は口が回らないからなしにしてやるという段取りだったのだが、関取からの注文なら致し方ない。

もと幸ノ花は赤い顔で立ち上がった。

「わっしは……」

そう切り出したところで、早くも言葉に詰まる。

気張って……。

おさちがまなざしで訴えた。

「果報者で」

感極まった表情で、幸吉は言った。

ここでおさちが立ち上がり、助け舟を出した。

「ふつつかな二人ですが、これからも幸福団子をよろしゅうお願いいたします」

おさちはしっかりした口調で言った。

「よっ、いいぞ」

「これなら大丈夫だ」

「いい女房をもらったな」

屋台衆から声が飛んだ。

「へい」

幸吉はうなずくと、着物の袖で目元をぬぐった。

やぶ重を出た一同は帰路に就いた。

長寿堂と浦風部屋の人たちに礼を言って見送ると、ほかの面々はなみだ通りをゆっくりと戻りはじめた。

十

「晴れの日に屋台を休むのは久々だな」

風鈴蕎麦の卯之吉が言った。

「いまから仕込んで出さねえのかい」

天麩羅の甲次郎が訊く。

「えっ、甲さんは出すんですかい？」

卯之吉が驚いた顔でたずねた。

「はは、おれも休むさ」

甲次郎は渋く笑った。

「そうまでして稼いでもしょうがねえから」

宴の段取り役でいくぶんかすれた声で庄兵衛が言った。

「なら、相模屋で呑み直すか」

卯之吉が水を向けた。

「いいね」

庄兵衛は二つ返事で答えた。

「おっ、あれは寿助だな」

卯之吉が指さした。

「おめでたく存じました」

若い大工が手を振りながら近づいてきた。

寿助も笑顔だ。

「何かいいことでもあったのかい」

卯之吉が問う。

「へえ、大ありで」

寿助が答えた。

「そこは大あり名古屋のしゃちほこって言うとこで」

圓生がしょうもないことを言った。

「そんな地口は入れなくていいっすから」

小勝がすかさず口をはさんだ。

「で、いいことってのは何でえ」

松蔵親分が訊く。

「実は……」

寿助は少し間を持たせてから続けた。

「女房にややこができたんです」

それは、まぎれもない「いいこと」だ。

「わあ、おちかちゃんが身ごもったのね」

おそめの声が弾んだ。

「それはおめでたく存じます」

おさちも笑顔で言った。

「とうとう父親かい。良かったな」

松蔵親分が笑みを浮かべた。

「寿一さんにはもう伝えたかい」

善太郎が訊く。

「はい。喜んでましたよ、おとっつぁん」

寿助は答えた。

おちかが吐き気がすると言いだしたから、寿助が医者へつれていったところ、みごもっていることが分かったらしい。産婆の約を取り、実家の上州屋にも伝えてから戻ってきたところのようだ。

「こりゃあ、盆と正月がいっぺんに来たみたいですな、師匠」

小勝が圓生に言った。

「いや、幸福団子にちなんで、幸と福がいっぺんに来たみたいと言わないと」

圓生が答える。

「それだと、焼きとみたらしをいっぺんに食ったみたいで」

「そりゃ、甘いのか辛いのか分からない」

噺家たちが掛け合っているうち、長屋に着いた。

「おまえさんらは、その恰好で相模屋へは行けねえな」

甲次郎が手で示した。

「早く脱ぎてえんで」

紋付き袴姿の幸吉が言った。

「わたしも、湯屋へ行きたいです」

おさちが包み隠さず言った。

「なら、長屋で一服してから行っておいで」

おそめが言った。

「はい、そうします」

おさちは笑顔で答えた。

「なら、わっしらはここで」

幸吉が言った。

「おう、明日からまた気張ろうぜ」

卯之吉が言った。

「同じなみだ通りの仲間だから」

庄兵衛が言う。

「今日はお招きをいただきまして」

「とてもいい会でしたよ」

圓生と小勝が笑顔で言った。

「遠くからのお運び、ありがたく存じました」

おさちがていねいにお辞儀をした。

「この客あしらいなら安心だね」

最後に噺家が太鼓判を捺した。

十一

「幸吉さーん……」

おさちは意を決して声をかけた。

湯屋の二階の休み処(どころ)は男湯にしかない。一緒に帰るときは、大声を張り上げてつれあいに伝えなければならない。

いささか恥ずかしかったが、名を呼ばなければ帰れない。おさちは思い切って大きな声を出した。

「……おう」

少し遅れて、声が返ってきた。

「外で待ってるわ」

おさちは言った。

湯屋の前で待っていると、ひときわ大きい幸吉が出てきた。

「ああ、いい湯だった」

幸吉は笑顔で言った。

「さっぱりしたわね」

おさちも笑みを浮かべる。

「明日からまた気張ろうっていう気になる」

幸吉は軽く突っ張るしぐさをした。

向こうから、父に連れられた二人のわらべがやってきた。

「うわ、でけえ」

「相撲取りみたいだ」

わらべたちがずけずけと言う。

「わっしは、ほんとに相撲取りだったんだ」

幸吉がおかしそうに言った。

「ひょっとして、かわら版に載ってた幸ノ花さんかい」

職人風の父が問うた。

「へえ。そこのなみだ通りで幸福団子の屋台をやってまさ」

幸吉は身ぶりをまじえた。

「おいしいから食べに来てね」

おさちがわらべたちに如才なく言った。

照れたのか返事はなかったが、引き札にはなるからこれでいい。

幸吉とおさちは長屋のほうへゆっくりと戻っていった。

「あっ、月」

おさちが気づいて指さした。

まだ暮れきっていない江戸の空に、ほんのりと丸みを帯びた月が出ていた。

「いい月だな」

幸吉は瞬きをした。

黄色いが、かすかに青みもある美しい月だ。

「いい月ね」

おさちが大きな目を開いた。

今日、祝言を挙げたばかりの若い二人は、月をながめながらなおしばらく歩いた。

「幸吉さん」

おさちがふと幸吉のほうを見た。

「わっしに何か？」

幸吉が問うた。

「前に、十年先も、二十年先も一緒にお団子の屋台をやってるような気がするって言ってたわね」

おさちは答えた。

「ああ……言った」

素直に「わっしの女房に」とは言いだしかねたから、そんな遠回りをした。

「わたしも、見ているような気がする。十年先も、二十年先も、幸吉さんと一緒に、あんなきれいなお月さまを」

おさちは空を指さした。

幸吉も同じところを見た。

江戸の空にかかっている月が少しうるんで見えた。

もと幸ノ花は続けざまに瞬きをした。

そして、女房に向かって言った。

「これからも、よろしゅうにな」

幸吉は白い歯を見せた。

「はい」

おさちも笑顔で答えた。

［参考文献一覧］

『復元・江戸情報地図』（朝日新聞社）
日置英剛編『新国史大年表　第五巻Ⅱ』（国書刊行会）
今井金吾校訂『定本武江年表』（ちくま学芸文庫）
喜田川守貞著、宇佐美英機校訂『近世風俗志』（岩波文庫）
川添裕『江戸の見世物』（岩波新書）
古河三樹『江戸時代大相撲』（雄山閣）
氏家幹人『古文書に見る江戸犯罪考』（祥伝社新書）
飯野亮一『すし　天ぷら　蕎麦　うなぎ』（ちくま学芸文庫）
三谷一馬『江戸商売図絵』（中公文庫）
菊地ひと美『江戸衣装図鑑』（東京堂出版）
吉岡幸雄『日本の色辞典』（紫紅社）
田中博敏『旬ごはんとごはんがわり』（柴田書店）
『人気の日本料理2　一流板前が手ほどきする春夏秋冬の日本料理』（世界文化社）

（ウェブサイト）

よしもと新聞舗

村岡祥次「日本食文化の醤油を知る」

全方位相撲360°

光文社文庫

文庫書下ろし／長編時代小説

幸福団子　夢屋台なみだ通り(二)

著者　倉阪鬼一郎

2021年3月20日　初版1刷発行

発行者　鈴木広和
印刷　新藤慶昌堂
製本　ナショナル製本

発行所　株式会社 光文社
〒112-8011　東京都文京区音羽1-16-6
電話　(03)5395-8149　編集部
8116　書籍販売部
8125　業務部

ISBN978-4-334-79174-2　Printed in Japan

組版　萩原印刷